Paul Katsitis

Mykonos Crime 13
Royals

AF200098

Paul Katsitis

Mykonos Crime 13

Royals

Bisher erschienen in dieser Reihe:

Mykonos Crime 1 Die Bestie von Mykonos
Mykonos Crime 2 Rache
Mykonos Crime 4 Der Drei-Sterne-Mord
Mykonos Crime 5 Tattoo
Mykonos Crime 6 Skalpell
Mykonos Crime 7 Hass
Mykonos Crime 8 Sturm über Mykonos
Mykonos Crime 9 Die Maske
Mykonos Crime 10 Abseits
Mykonos Crime 11 Glut
Mykonos Crime 12 Putsch
Mykonos Crime 13 Royals
Mykonos Crime 14 Traumata (Nov. 19)

Andere Mykonos-Bücher siehe Buchende

Impressum
Titelbild: Gest. Katsitis/Porträtaufn. deepkircher
Copyright Paul Katsitis 2019
ISBN 9783749481545
Herstellung und Verlag: BoD - Books on
Demand, Norderstedt

Jeder Band behandelt einen abgeschlossenen Fall, sodass die Bände nicht in der Reihenfolge gelesen werden müssen.

Alle Bücher der Serie wurden in Griechenland gesetzt. Da griechische Setzer keine deutschen Fehler erkennen können, finden sich in dem Buch sicher mehr Fehler als in einem normalen Buch. Aber so bleiben wenigstens ein paar Euro in Griechenland.

Alexandros Nikakis (früher Galis), 36, war leitender Kommissar auf Mykonos und ist verheiratet mit

Angelos Nikakis, 30, war Hauptkommissar in Thessaloniki.
Nach ihrem Kennenlernen beschlossen beide, auf Mykonos eine Privatdetektei zu eröffnen. Um die Kosten für eine Kommissar- bzw. Stellvertreterstelle einzusparen, ermittelten Alex und Angelos zunächst im Auftrag der Gemeinde gegen Honorar. Ein guter Deal für beide Seiten.
Seit einem Jahr ist Angelos auch Bürgermeister.

Für dieses Buch „benötigte" ich eine königliche Familie aus dem Nahen Osten. Rein zufällig fiel meine Wahl auf Schardscha (Sharjah). Die Mitglieder der Familie in diesem Buch haben nichts mit der tatsächlichen Familie des Emirs zu tun.

Aber: manchmal spielt das Leben verrückt. Wenige Tage nach Fertigstellung dieses Buches starb der Kronprinz im Alter von nur 39 Jahren. Todesursache unbekannt.

Es ist also kein Fall von Pietätlosigkeit, sondern ein Zufall, der sich nicht mehr ändern ließ.

Prolog
Istanbul

Safiye huschte durch die Türe und schloss sie schnell.

„Schwesterherz", rief Khaled voll Freude. Die Geschwister küssten sich und freuten sich über das Zusammentreffen.

„Wie bist du den Geiern entkommen?", fragte Khaled.

„Weißt du, es gibt Gelegenheiten, bei denen arabische Frauen allein sein müssen. Über die Gesetze des Koran dürfen sich weder ein Scheich noch Bodyguards hinwegsetzen", antwortete Safiye lächelnd.

„Und das wäre?", fragte Khaled mit einem Lächeln.

„Die Sauna mit anschließender Massage. Ich muss mir nur bei dir die Haare nassmachen!"

Sie hatte schnell lernen müssen, dass es auf solche Kleinigkeiten ankam, wenn sie sich ihren ohnehin eingeschränkten Bewegungskreis erhalten wollte. Khaled legte den Arm um sie und führte sie zur Couch.

„Deine Kletten sind auch nicht da?", fragte Safiye.

„Bei mir ist es nicht so schlimm. Mich muss man nur vor Terroristen schützen, nicht vor Männern im Allgemeinen. Ich habe sie in die Botschaft geschickt, um wichtige Dokumente abzuholen, die bewacht werden müssen. Die Dokumente stammen immer von mir selbst. Ich verschicke sie vor dem Abflug!"

Safiye brach in Gelächter aus.

„Guter Trick. Muss ich mir merken", sagte sie.

„Nun sag endlich, wie es dir geht. Wir haben uns seit Monaten nicht gesehen", sagte Khaled.

„Weil du die ganze Zeit unterwegs bist", antwortete Safiye.

„Du weißt genau, warum. Zuhause bin ich unter Dauerbewachung. Keinen Schritt kann ich allein tun. Ich verfluche meinen Bruder heute noch. Auch wenn ich seinen Tod irgendwie bedauere. Es hat mir dieses Amt eingebrockt. Das ich nie wollte und auch jetzt nicht will!"

„Dabei bist du noch in einer besseren Lage als ich. Es ist als hätte ich Ketten am Fuß. Aber mach dir keine Sorgen. Unser Vater wird auch noch aus dem Sarg regieren!"

Khaled lachte.

„Du hast recht. Ohne ihn geht die Welt unter – denkt er. Und er wird unter Garantie nicht sterben, bevor du verheiratet bist. Mich wundert, dass er dir noch keinen Ehemann präsentiert hat!"

„Hat er schon", sagte Safiye betrübt.

„Wie bitte?"

„Vor zwei Wochen. Was glaubst du, warum ich geflüchtet bin!"

„Wer ist es?"

„Der Sohn des Scheichs von Adschman!"

„Der ist doch über vierzig? Und außerdem Verwandter zweiten Grades! Da werden die Kinder doch …"

„Blöd meinst du? Nun, wir beide sind auch nicht dumm, obwohl Mutter Vaters Cousine ist!"

„Du hast recht. Ich suche nur nach einem Argument, diesen Unsinn zu verhindern", sagte Khaled aufgebracht. „Wie willst du es verhindern? Sieht er wenigstens gut aus?"

„Er sieht aus wie sein Vater!"

„Also fett und mit Hakennase", stellte Khaled fest.

„Er ist schlicht hässlich. Der Gedanke an Sex …", weiter konnte sie nicht sprechen, denn sie brach in Tränen aus. Khaled setzte sich neben sie und legte den Arm um sie.

„Ich verspreche dir, dass mir noch etwas einfällt. Bruderehrenwort!"

Safiye lächelte ein wenig.

„Jeder glaubt immer, wir führten ein sorgenfreies Leben. Luxus ja. Freiheit nein!", jammerte Khaled.

„Warte ab. Es wird nicht lange dauern, dann wird er mich verheiraten wollen. Gott sei Dank glaubt Vater, dass ich zuerst möglichst viele Länder besucht haben muss. Dafür bin ich doch sehr dankbar!"

Khaled brach in Gelächter aus.

„Was du in diesen Ländern wirklich machst …"

„Wenn er das je erfährt, lässt er mich steinigen", sagte Khaled.

„Super. Ich kann an so etwas nicht denken. Stell dir vor, ich bin bei der Hochzeit keine Jungfrau mehr!"

Khaled lachte erneut.

„Vaters Gesicht möchte ich dann gerne sehen!"

„Ich nicht", antwortete Safiye, musste aber auch grinsen.

„Schön, dass du hier bist", meinte Khaled aufrichtig. „Und zumindest teilweise in Freiheit!"

„Aber ich bin nicht die einzige, die Probleme hat. Was ist mit dir?"

„Ach, Safiye. Ich versuche, nicht daran zu denken. Ich weiß nicht, wie es für mich gut enden soll", beklagte sich Khaled.

„Da sind wir schon zwei. Immerhin darf ich eine Woche nach Mykonos!"

„In diesen Sündenpfuhl? Weiß Vater davon?"

„Natürlich. Er möchte von Frauenthemen nichts wissen, vor allem, wenn sie mit dem Körper zu tun haben. Und ich habe ihm erzählt, ich könne es nicht zuhause richten lassen, weil die Medien davon Wind bekommen könnten. Also hat er der Reise zugestimmt. Natürlich unter schärfster Bewachung. Aber denen büchse ich schon aus!" Khaled grinste. Das würde sie bestimmt.

„Ziel ist eine Klinik auf Mykonos?"

„Genau das!"

„Hoffentlich gelingt es dir, etwas Spaß zu haben, Schwesterchen!"

„Unter Garantie. Und dir noch viel Vergnügen in Istanbul. Aus welchem Grund bist du eigentlich hier?", fragte Safiye.

„Eine Konferenz über Künstliche Intelligenz. Ich werde kein Wort verstehen!"

„Künstliche Intelligenz. Na, da hätte unsere Familie großen Bedarf", sagte Safiye lachend.

„Nein. Selbst das hilft nichts!"

Beide lachten.

„Khaled, ich muss wieder zurück ins Zimmer. Meine Kletten werden sonst unruhig!"

„Jetzt schon? Schade. Vergiss nicht, das Haar anzufeuchten!"

„Das hätte ich jetzt fast vergessen", sagte Safiye und küsste Khaled.

Khaled, 26, war der Kronprinz des Emirats Schardscha.
Und Safiye seine um zwei Jahre ältere Schwester.

2

Victor Poroschenko sah auf seinen Monitor auf der Brücke der „Subsea 7".
„Wir erreichen gleich den Zielpunkt", sagte der Kapitän zu seinem Ersten Offizier.
„Ja, noch zwanzig Sekunden!"
Der Kapitän nickte.
Es war ein brüllend heißer Tag und windstill.
Poroschenko kannte die Ägäis auch anders.
Wenn der Nordwind aus Poroschenkos Heimat, der Ukraine, kommend, in Richtung Süden schwenkt, wird er zu einem Windungeheuer.
Mistral oder Bora sind ein Lüftchen dagegen.
Mehr als einmal war er in schwere See geraten und das mit viel größeren Schiffen als die fast zierliche „Subsea 7"
„Ankern!", rief er und griff zum Hörer.
„Endposition erreicht. Ihr könnt anfangen, Brown!"
Kurz darauf wuselten die Filipinos über das Deck.
Poroschenko mochte seine Filipinos. Kein Wunder, dass sie gefühlt auf jedem Schiff der Welt zu finden sind – sie sind zuverlässig, fleißig und schnell, dachte er. Vielleicht, weil sie so klein sind.
Er lächelte.
Nach nur zehn Minuten hatten sie den Schiffsnamen überstrichen, wobei die Farbe fast direkt am Pinsel getrocknet wäre, so heiß war es.

Dann brachten Sie das aus Blech bestehende neue Schild an.

Poroschenko musste laut lachen.

Humor hatten die Herren in Houston. Aus der „Subsea 7" wurde die „Ocean Saver". Fehlte nur noch, dass wir die „Greenpeace"-Flagge hissen. Es war äußerst klug, die „Subsea 7" in die Ägäis zu schicken, denn sie sah anders aus, als alle anderen Explorationsschiffe. Die hatten meist einen Förderturm als Aufbau. Ein schwimmender Bohrturm, der auch sofort als solcher zu erkennen war. Die „Subsea 7" hingegen hatte diesen Aufbau nicht. Aus den vielen Protesten hatte man gelernt, dass man solche Schiffe optisch anders gestalten muss, um in Ruhe bohren zu können.

Und so sah die „Subsea 7" eher wie ein meeresbiologisches Schiff oder ein hochtechnisierter Trawler aus. Seitdem war Schluss mit dem Zinnober. Ketten aus Fischerbooten, Schlauchboote von Greenpeace und WWF und wie diese Idioten alle heißen, Schlägereien zwischen den Filipinos und örtlichen Fischer – alles Geschichte.

Man blieb unbeachtet und die Namensänderung, wenn auch illegal, trug einen kleinen Teil zur Beruhigung bei. Eine „Ocean Saver" muss etwas mit Umweltschutz zu tun haben. Einfach deswegen, weil es der Mensch aufgrund des Namens so erwartet. Würde am Schiff der Name „Ölschleuder" prangern, bräuchte man in keinen Hafen einlaufen.

Kurz darauf vibrierte das kleine Schiff, aber daran war Poroschenko schon seit Jahren gewöhnt.

Die erste Probebohrung. Nicht einmal einer Stunde nach Erreichen der Position. Time is money. Jede Betriebsstunde der „Subsea 7" kostet 16.000 Dollar. Und es gab noch zahlreiche andere Stellen, die sie abarbeiten mussten. Seit den Erdgasfunden vor Zypern war die ganze Branche in Aufruhr. Wenn vor Famagusta große Vorkommen lagern, dann sicher auch in der Ägäis. Dafür sprechen auch die zahlreichen Aktivitäten der türkischen Armee, die mit Bestimmtheit keinen Streit um kleine, öde Felsen führen würde, gäbe es doch nichts zu holen. Im Falle von Mykonos hatten Poroschenko und seine Auftraggeber Glück. Am zweiten Tag wurden sie fündig.

3

„Sag mal, für wie blöd haltet ihr uns denn?",
brüllte Bürgermeister und Hauptkommissar
Angelos Nikakis ins Telefon.
Sein Gesprächspartner war der griechische
Premierminister Antonis Migiakis.
Der unkonventionelle Ton lag darin begründet,
dass nur der Premier, Angelos und dessen
Ehemann Alex von einem Schatten in der
Vergangenheit des Premierministers wussten.
Denn Antonis Migiakis hatte eine türkische Mutter
und war daher Halbtürke. Was in anderen
Ländern kein Problem wäre, ist in Griechenland
undenkbar. Bei der gemeinsamen Geschichte der
beiden Länder, wäre es wahrscheinlicher, dass
Angela Merkel Regierungschefin in Athen würde,
als dass man einen Halbtürken akzeptieren würde.
Das Geheimnis war bestens gehütet, wurde aber
aufgedeckt, als bei den Ermittlungen im Mordfall
Karamanlis die Adoptionsurkunde auftauchte –
mit Migiakis´ ursprünglichem Namen und dem der
Mutter.
Kommissar hatte den Premierminister bei einem
Vier-Augen-Gespräch darauf angesprochen, ihm
aber versichert, dass er das Geheimnis für sich
behalten würde, denn für ihn war die Herkunft
kein Kriterium. Im Gegenteil: Angelos Nikakis fand
die Angelegenheit: witzig. Und: er hatte seinem
Gatten Alex verboten, den Premier selbst zuhause
„Mustafa" zu nennen und Alex hielt sich daran.

Allerdings hatte Angelos darum „gebeten", dass Fördergelder für Mykonos wohlwollender geprüft werden als bei Migiakis´ Vorgänger.

„Erpressung!", sagte Migiakis.

„Nein. Eine Bitte", lautete Angelos´ Antwort.

Migiakis lachte.

„Es würde auffallen, wenn wir deine Gemeinde bevorzugen!"

„Ach, da findest du schon einen Weg. Und außerdem habe ich dir versprochen, es nie öffentlich zu machen. Und mein Ehrenwort ist auch eines!"

Was der Premier wusste.

Dass der Bürgermeister den Premierminister duzt, hatte sich – vom Rathaus ausgehend – schnell auf Mykonos herumgesprochen. Man rätselte über die Gründe. Die beiden hätten ein Verhältnis gehabt, lautete eines der Gerüchte.

„Migiakis ist über fünfzig. Ich habe schon Probleme mit einem 36-jährigen", sagte er zu Alex lachend und der schmiss Angelos prompt die Espressotasse hinterher.

Aber allen war klar, dass die offensichtlich private Verbindung - gleich welcher Art - für die Insel mehr als nützlich ist. Und alle waren erstaunt, als man im letzten Herbst damit begonnen hatte, die Umgehungsstraße – eigentlich die einzige Inselstraße – zu erneuern, worauf man schon mehr als 15 Jahre vergeblich gewartet hatte.

Der Bürgermeister hatte immer nur gegrinst, wenn er darauf angesprochen wurde.

„Du bist auch nicht besser als all die anderen, die über private Schienen etwas ergattern wollen", sagte Alex.

„Alle auf dieser Insel sind erfreut, nur mein eigener Mann nicht. Es liegt nur darin, dass selbst der Hetero-Premier findet, dass …"

„ …du der bestaussehendste und klügste Bürgermeister des Landes bist, ich weiß!", ergänzte Alex. Ihr Running-Gag – und beide lachten.

An diesem Tag jedoch wurde es laut am Telefon. „Wie heißt das Schiff? ‚Ocean Saver'? Antonis, wenn es nicht so traurig wäre, würde ich jetzt losbrüllen, weil es so absurd ist. Im Schiffsregister finde ich dieses Schiff bestimmt nicht", sagte Angelos, noch immer laut.

„Doch. Ich habe es überprüfen lassen. Und beruhige dich bitte. Es ist ein Schiff zur meeres-biologischen Erkundung ..."

An der Stelle bekam Angelos einen Lachanfall.

„Köstlich. Also Texaco und Exxon und wie sie alle heißen, beweisen immer mehr Humor. Entweder führt man dich hinters Licht oder …"

„Ich führe nichts im Schilde. Das Schiff will zehn Tage dort liegen. Zehn Seemeilen vor Mykonos!"

„Wenn die nach Öl bohren, ist die Brühe bei der Strömung nach fünf Tagen an unseren Stränden. Und wer putzt dann? Du?"

„Von Öl ist nicht die Rede, Herrgott!"

„Jetzt hör mir mal zu. Wir sind vielleicht Provinzler, aber auch wir wissen, dass vor Zypern und überall in der Ägäis nach Öl und Gas gesucht wird oder schon gefunden hat. Warum glaubst du, warum die Türken dauernd zwischen unseren Inseln herumstreunen?", sagte Angelos. „Suchen sie etwa nach Sandstränden?"

„Das sind doch nur die üblichen Provokationen", versuchte Migiakis Angelos zu beruhigen.

„Aber eines muss auch dir klar sein. Der Staat ist pleite …"

„…Als ob ich das nicht wüsste. Gerade als Bürgermeister!"

„Ja. Würden große Gasvorräte gefunden, rein hypothetisch natürlich, könnte das der Ausweg aus der Krise sein!"

„Für euch in Athen vielleicht. Für Mykonos oder Samos wäre das das Ende. Hast du zufällig ein Foto dieses famosen Schiffs?"

„Nein. Aber ich sage dem Seefahrtministerium, sie sollen dir eins mailen", versuchte Migiakis noch immer, Angelos zu beschwichtigen.

„Wenn es das ist, was ich wirklich glaube, dann versenke ich es persönlich!"

„Das traue ich dir sogar zu. Aber kein Grund zur Sorge", schloss Migiakis das Telefonat.

Die Nachtigall war nicht nur am Trapsen, sie stampft aut den Boden, dachte Angelos Nikakis.

4

Ornos, Mykonos

Im Hause von Angelos und Alex Nikakis brodelte es. „Hätte ich nur nie dieser Kandidatur meinen Segen gegeben. Jeden zweiten Tag kommst du schlecht gelaunt nach Hause", knurrte Alex.

„Dann hätten wir jetzt einen Rechten als Bürgermeister, einen ausgemachten Faschisten. Wäre dir das lieber?"

„Ehrlich gesagt, ja. Hauptsache, ich hätte meinen früheren Angelos zurück!"

„Fühlst du dich vernachlässigt?", fragte Angelos gereizt.

„Wenn ja, wäre das ziemlich unfair. Ich tue alles, um es dir recht zu machen. Und wenn ich nicht mit dir sprechen darf, mit wem denn bitte sonst? Soll ich die Wand fragen? Es ist nun mal mein Job!"

Vielleicht ist Bürgermeister und Kommissar ein bisschen zu viel, dachte Alex.

Alex kannte Angelos. Ein frischer Espresso beruhigte immer dessen Gemüter. Als er ihn auf den Küchentisch stellte, sagte er:

„Ich habe dir nichts vorzuwerfen. Deinen ehelichen Pflichten kommst du jedenfalls nach", meinte Alex grinsend.

„Das sind keine Pflichten. Sonst wäre es auch nur jeden Samstag und das ist es beileibe nicht. Du machst mich jetzt ganz durcheinander!"

„Bitte. Lass uns aufhören. Ich hätte mir die Bemerkung verkneifen sollen. Ich weiß – und das ist kein Vorwurf -, dass du ein Adrenalinjunkie bist und es für dich nichts Schlimmeres gibt, als der Gedanke zuhause sitzen zu müssen!"

Angelos lächelte. Gott sei Dank, dachte Alex.

„Du kennst mich halt. Ich würde unleidlich werden, wenn …"

„Wenn du nichts zu tun hättest. Aber nicht, dass du 30 Jahre Bürgermeister bleibst. Versprochen hast du …"

„Dass ich nach zwei Jahren aufhöre. Das wäre in zwei Wochen", sagte Angelos und lachte.

„Aber sei ehrlich. Du genießt doch deinen Status als ‚First Lady'!"

Prompt flog ihm das Geschirrtuch um die Ohren.

„Ich habe noch nie Frauenkleider getragen und werde es auch nie", knurrte Alex.

„Nein. Du bist ein ganzer Mann, arkoudaki-mou! Wie wäre es, wenn du es mir zeigst?" und Angelos grinste.

„Immer, wenn du Bärchen sagst, weiß ich, was kommt!"

Und Herr Bürgermeister und Bärchen gingen nach oben.

Für eine Stunde war die „Ocean Saver" vergessen.

5

E r hat mich dreist angelogen", schimpfte Angelos. „Na warte, Mustafa!"
Alex lachte.

„Jetzt sagst du es selbst!"

„Entschuldige. Am meisten ärgert mich, dass er mich für blöd hält!"

„Das tut er gewiss nicht. Er weiß, was du kannst. Entweder will er nur Zeit gewinnen. Oder er wurde selbst hintergangen!"

„Zeit gewinnen", murmelte Angelos. „Damit könntest du recht haben. Gott sei Dank habe ich dich!"

„Ich war auch mal Kommissar", sagte Alex.

„Du bist es immer noch. Was redest du da immer! Bei jedem Fall bist du dabei. Gleichberechtigt. Und ich höre auf dich!"

Alex lachte.

„Das war die Lüge des Tages. Wenn es brenzlig wird, sagst du ,ja' und ich ,nein'. Und ich muss am Schluss als Retter losziehen!"

„Was du doch gerne machst", antwortete Angelos mit dem breiten Grinsen, bei dem Alex schon immer schwach wurde.

„Was hast du jetzt herausgefunden?", fragte Alex.

„Diese ,Ocean Saver' ist in Panama registriert. Baujahr 2017. Nur: auf der Website der Werft ist kein Bild des Schiffs. Ein hochtechnisches Forschungsschiff, brandneu und bestimmt ein Vorzeigeobjekt – und auf der firmeneigenen

Website kein Bild. Keine Werbung in eigener Sache? Das ist doch mehr als seltsam, oder? Wenn die Werft aber an der Sache beteiligt ist, wird sie nichts sagen!"

„Auf jeden Fall. Wie wäre es, wenn du eine der NGOs kontaktierst, Greenpeace oder andere. Vielleicht kennen die das Schiff?"

„Kompliment, Herr Kommissar Nikakis", sagte Angelos lächelnd.

„Meinst du jetzt dich oder mich? Schließlich heißen wir beide so!"

„Dich natürlich, du Dussel. Das ist ein guter Einfall. Vielleicht täusche ich mich ja!"

„Ich lobe dich ja ungern, aber mit deinem Riecher liegst du selten falsch", sagte Alex.

„Selten?"

„Ok. Nie", antwortete Alex lachend.

„Wenn uns je einer so reden hören sollte, würde er mich für ein arrogantes Arschloch halten! Und nebenbei für unglaublich eitel!"

„Letzteres stimmt!"

„Nein. Ich bin halt einfach nur schön", sagte Angelos mit breitem Lächeln und Alex bekam einen Lachanfall.

„Aber du bist mein arroganter, eitler und schöner Mann. Und ich liebe dich, so wie du bist!"

Und der eitle und schöne Mann bekam wässrige Augen.

So ist er in Wirklichkeit, aber nur ich sehe ihn so. Ich bin der Einzige, dem er so restlos vertraut, dass er sich fallen lassen kann, dachte Alex.

Ich bin ein Glückspilz.

„Ok, ich telefoniere und du schaust im Netz nach mehr Infos!" Angelos küsste Alex auf den Kopf und ging ins Wohnzimmer zum Telefonieren.

Was Alex auffiel, war, dass das Schiff auf dem Foto keinerlei Ähnlichkeit mit Bohrschiffen aufwies. Er war auf Seite zehn, als ihm etwas auffiel. Er suchte nach einer größeren Version der Aufnahme, fand sie und druckte sie dann aus.

„Angelos! Ich habe es! Das Schiff heißt gar nicht so! In Wahrheit ist es …"

„…die Subsea 7", ergänzte Angelos, als er wieder in die Küche kam. Er hielt das Mobiltelefon noch in der Hand und schaute entgeistert.

„Das ist doch nicht zu fassen", sagte er.

„Wenn wir zwei das in unserer Küche herausfinden, dann ist es nicht wahrscheinlich, dass die Regierung oder das Ministerium nicht dazu in der Lage sind, diesen Schwindel zu durchschauen. Greenpeace sagt, dass dieses Schiff schon zwei Mal vor Zypern lag. Kurz darauf hat die Regierung bekanntgegeben, es gäbe dort riesige Gasfelder. Allerdings wissen sie nicht, wer der Eigentümer ist. Aber es kann nur einer der großen Konzerne sein und so viele gibt es nicht.
Eine Handvoll!"

„Schau, auch die Bilder sind identisch. Es sieht nur ganz anders aus als ein herkömmliches Bohrschiff", sagte Alex.

„Und diese Unverschämtheit, es ein meeresbiologisches Forschungsschiff zu nennen. Allein für diese Frechheit gehört dieses Ding versenkt!"

„Was willst du tun? Bei Amazon einen Torpedo bestellen?", fragte Alex.
„Da fällt mir schon noch etwas ein."

6

Hugh T. Jackson saß in seinem Büro im 74. Stock des AEXCOM-Turms und blickte gen Westen. Auch Houston, Texas, stöhnte unter der Hitze. Aber wie in den USA üblich, wurde in Gebäuden auf 18 Grad heruntergekühlt. So konnte Jackson den Sonnenuntergang genießen. Es war ein guter Tag gewesen.

Die Nachrichten aus der Ägäis waren vielversprechend. Zu den großen Gasfeldern, die schon vor Zypern entdeckt worden waren, kommen jetzt noch Felder vor Samos, Mykonos und Kreta hinzu. Und die AEXCOM lag im Erschließungslauf weit vorne. Sie hatte schnell erkannt, dass die Bestechung Verantwortlicher nicht ausreichte. Entscheidend war und ist politischer Druck großen

Ausmaßes, bis die Politiker vor Ort Schnappatmung bekommen.

Gott sei Dank saß in Washington mittlerweile ein Mann, der das begriffen hatte. Noch besser: er handelte so. Dass Unternehmen sich gegenüber der Regierung oder der Justiz erklären müssen oder gar wegen Bestechung oder Marktabsprachen mit Bußgeldern belegt werden – diese Zeiten waren vorbei, als der Moslem das Weiße Haus verlassen musste, dachte Jackson.

Er war der typische Vertreter der White Supremacy-Ideologie. Die zunehmende Hispanisierung gerade seines Heimatstaates war ihm ein Dorn im Auge, vollkommend außer Acht lassend, dass Texas immer mexikanisch war, bis es die weißen Amerikaner militärisch erobert hatten.

Wie bei allen Supremacy-Anhängern hatte Jackson ein simples Weltbild: weiß gleich gut, alles andere schlecht. USA von Gott auserwählt und daher allen anderen überlegen. Dass der Reichtum der USA auf der Ausbeutung der restlichen Welt beruht, auf diese Idee wäre er im Leben nicht gekommen.

Herrliche Zeiten! Gewerkschaften? Von gestern. Vorbei die Zeiten, in denen sich der Imperator, also er, sich mit Arbeitnehmer-Vertretern herumärgern musste. Idiotenpack, obwohl auch sie meist Weiße waren.

Über einen direkten Kontakt zum US-Außenministerium äußerte Jackson regelmäßig seine Wünsche. Wo auf wen Druck ausgeübt werden müsse. Sein Totschlagargument bestand nur aus einem Wort: Russland. Wenn nicht wir zum Zuge kommen, werden die Russen zuschlagen. Oder die Chinesen. Einfaches Weltbild, einfache Lösungen.

Der amerikanische Botschafter in Nikosia hätte auch gleich ein Zimmer im Amtssitz des zypriotischen Regierungschefs beziehen können, so oft war er vorstellig geworden. Im Sinne Amerikas. Im Sinne der AEXCOM.

Nun wäre also Griechenland an der Reihe. Natürlich kannte Jackson nicht einmal den Namen des griechischen Premiers, aber mit unwichtigen Schachfiguren gab sich Jackson nicht ab. Er war König und Dame in einer Figur. Ein nicht zu unterschätzender Vorteil der AEXCOM war, dass sie schon mit der Exploration begann, bevor die Genehmigung dafür vorlag. Die Gründung einer Stiftung für meeresbiologische Forschung war ein Meilenstein der Firmengeschichte. Während andere noch durch Flure von Ministerien eilen, bohren wir bereits.

Die „Subsea 7" war eine der besten Investitionen der letzten Jahrzehnte. In den nächsten Monaten kämen noch zwei weitere Schiffe hinzu.

Wir sind einfach schneller als die anderen.

Wir sind eben Amerikaner.

Schneller und besser als die Chinesen.

Schneller und viel besser als die Russen.

Wer Jackson allerdings Sorgen machte, waren die Emiratis. Oder konkreter: die Schardscha Petroleum, SP.

Sie schwimmen im Geld und sind daher bestechungsresistent. Und Dank unseres Teheran-Traumas haben wir diese Konkurrenz erst groß gemacht, dachte Jackson.

Schon bei den Zypern-Feldern hatte SP schweres Geschütz aufgefahren. Urplötzlich schwammen zypriotische Regierungsmitglieder- und Angestellte im Geld. Und seltsamerweise verbrachten viele ihren Urlaub in Dubai. Gezahlt haben sie garantiert nichts, murmelte Jackson vor sich hin. Wir müssen SP in Schach halten. Nur wie?

Ohne genau zu wissen, was er eigentlich suchen sollte, gab er bei Google „Schardscha" ein und klickte auf „News".

Nach zehn Minuten war er wie elektrisiert.

Sicher – es war eine verrückte Idee. Aber durch solche Ideen wurde Amerika groß.

Er griff zum Hörer und wählte eine Nummer in Washington, DC.

7

Mykonos, Ornos.

Mehr als 10.000 Kilometer entfernt hatte ein anderer ebenfalls eine verrückte Idee. Angelos Nikakis saß zwei Stunden an seinem Notebook und googelte sich fast zu Tode. Und ganz analog hatte er fünf Seiten Papier vollgekritzelt.

„Großer, du solltest eine Pause machen, sonst bekommst du viereckige Augen", sagte Alex.

„Puuh. Du hast recht. Aber ein bisschen was über das Thema zu wissen, gehört zu meinem Job", antwortete Angelos.

„Sagt der Bürgermeister oder der Kommissar?", lästerte Alex.

„Die geniale Verbindung der beiden. Wie wär´s mit einem doppelten Espresso?"

„Immer zu Diensten. Was führt mein Doppel-Angelos im Schilde? Ich kenne dieses Gesicht. Breites Grinsen bedeutet: Du hast eine wahrscheinlich verrückte Idee", sagte Alex.

„Verrückt? Nein. Ungewöhnlich? Ja. Wie viele Fischer mit Boot gibt es noch?"

Alex zählte kurz durch.

„Ich glaube vier. Dabei gab es in den Sechzigern noch an die sechzig Fischer."

„Kennst du einen der vier näher? Jemand, der keine Angst hat? Und ein wenig Geld braucht?"

„Yannis. Er ist ein Fischer des alten Schlags. Ruppig, aber anpacken kann er", sagte Alex.

„Fischer müssten um die Zeit doch zuhause sein, oder?", fragte Angelos. „Nicht gerade mein Spezialgebiet!"

„Meins auch nicht. Aber er wohnt in einem winzigen Haus an der Uferstraße!"

„Dann fahren wir gleich zu ihm", beschloss Angelos. „Dann brauche ich noch Kostas und Giorgios!"

Kostas, der Hubschrauber-Pilot und Giorgios, Angelos´ „Mädchen für alles" im Rathaus!

Zuerst buchte Angelos Kostas für einen Flug am übernächsten Morgen.

„Kurz nach Sonnenaufgang? Um die Uhrzeit weißt du noch gar nicht, wie du heißt", stichelte Kostas.

Er hatte recht. Beide Herren Nikakis waren Langschläfer. Herr Bürgermeister hatte vor zwölf keine Sprechstunde.

„Giorgios? Du nimmst die nächste Maschine nach Athen, nimmst ein Taxi und holst dort fünf Kanister. Schreib dir die Adresse auf!"

Giorgios war derartige Aufträge gewohnt. Es waren nur 22 Flugminuten bis Athen und Aegean würde die fünf Kanister im Flugzeug mitnehmen, schließlich war es im Grunde die regionale Fluggesellschaft, obwohl sie mittlerweile ganz Europa anfliegt.

„Wo sollen die Kanister hin?", fragte Giorgios.

„Ich schicke dir eine SMS!"

„Letzte Frage: was für ein Laden ist das?"

„Ein Großhändler für Event- und Bastelbedarf.

Barzahlung. Geld bekommst du von mir. Morgen.
Und danke, Giorgios!"
„Giorgios ist wirklich Gold wert", sagte Alex.
„Verrätst du mir jetzt, mit was du wieder im
Fernsehen landest?", fragte Alex.
„Wenn wir bei Yannis sind", antwortete Angelos.

8

Ich soll was tun? Alex, dein Mann spinnt", sagte
Yannis geradeheraus. „Entschuldigung,
Bürgermeister!"
Angelos lachte.
„Schon in Ordnung!"
„Angelos, er hat recht. Du produzierst ‚Fake News'
und regst dich sonst darüber auf!"
„Alex, wenn die eine Seite mit miesen Tricks
anfängt, kann man von der anderen Seite nicht
erwarten, dass sie nichts tut. Was hilft es dir, als
moralischer Sieger vom Platz zu gehen, wenn du
verloren hast? Und hier geht es darum, zu verhindern, dass die Insel und das Meer verseucht
werden. Das erwartet man von mir", regte sich
Angelos auf.
„Alex, dein, äh, äh, Ehemann muss alles tun, um
das Meer zu schützen. Es ist alles, was wir haben.

Mir gefällt zwar nicht, was aus dieser Insel geworden ist, aber ich lebe in der Vergangenheit. Es geht um die Zukunft der Menschen hier und da sind alle Mittel erlaubt. Ok, außer Mord! Oder?"

Es war die wahrscheinlich längste Rede, die Yannis je gehalten hatte.

„Wieso geben dir immer alle recht?", knurrte Alex. Angelos umarmte und küsste Alex. Yannis drehte sich weg. Mit den Realitäten des 21. Jahrhunderts kam er nicht zurecht.

„Also, Bürgermeister. Ich bin alt und vergesslich. Können Sie mir noch einmal …"

„Natürlich. Können wir bitte zum ‚Du' wechseln? Gut. Übermorgen früh stehen vor dem Rathaus 5 Kanister. Die nimmst du mit aufs Boot. Dann fährst du zu der ‚Ocean Saver'. Sie liegt genau 13 Seemeilen östlich. Außerdem dämmert es dann ja schon. Du fährst möglich nah an das Schiff und kippst den gesamten Inhalt der Kanister ins Meer. Dann schickst du mir eine SMS!"

Yannis schaute Angelos fragend an.

„Was ist eine SMS?"

Alex prustete los.

„Ok, Du hast doch eine Signalpistole?"

Yannis nickte.

„Gut. Du fährst weiter und nach ein paar Minuten schießt du eine Patrone hoch. Die sehen wir im Hubschrauber! Noch irgendetwas unklar?", fragte Angelos.

„Ja. Was ist in den Kanistern und was soll das?"

Angelos lächelte.

„In den Kanistern ist Dekowasser-Konzentrat.
Fünfzig Liter ergeben 50.000 Liter schwarzes
Wasser."
Yannis verstand noch immer nicht.
„Wir fabrizieren die erste umweltfreundliche
Ölpest der Geschichte."

9

Um 6.12 Uhr konnte man trotz der
fortgeschrittenen Dämmerung vom
Hubschrauber aus die Funken des Schusses
sehen.
„Da", sagte Kostas überflüssigerweise.
„Seh ich selbst", knurrte Angelos, der kaum die
Augen aufbekam. „Und brüll nicht ins Mikro!"
„Ah, Herr Bürgermeister hat in der Nacht wohl
wieder gefummelt statt geschlafen?"
„Leck mich, Kostas!"

„Das überlasse ich Alex. Da haben wir nun das Schiff und einen großen, schwarzen Fleck. Einmal herum?"

„Einmal hoch und das zweite Mal tiefer und dann zurück. Hoffentlich hab ich danach auch alles gut im Kasten!"

Kostas lachte.

„Nicht wenn du so zitterst. Reiß dich zusammen und los geht´s."

Sechs Minuten später landete Kostas am Kite-surferstrand in Ornos. Der aufgewirbelte Sand gab Angelos den Rest.

Bett. Zwei Stunden schlafen. Dann „Breaking News" produzieren.

So sah die rudimentäre Planung aus.

10

Um 10.30 Uhr ging Alex hinunter in die Küche und drückte zwei Mal auf den Knopf der Espresso-Maschine. Er ging mit der Tasse ins Wohnzimmer und schaltete den Fernseher ein. Am unteren Bildschirmrand liefen schon die Breaking News: ÖLPEST VOR MYKONOS – ÖLLACHE STAMMT VON VERMEINTLICHEM

FORSCHUNGSSCHIFF – OFFENBAR ILLEGALE BOHRUNG – 100.000 LITER VERPESTEN ÄGÄIS – SCHIFF VERLÄSST TATORT.

Angelos hatte also noch vor dem Zerschellen im Bett die Nachricht formuliert und mit der Video-datei an die TV-Stationen und Zeitungen geschickt. Auch auf der Facebook-Seite der Gemeinde Mykonos war die Nachricht zu sehen. Mit bereits 312 Kommentaren oder besser: wüsten Beschimpfungen der internationalen Multis.

Alex war zwiegespalten. Einerseits das Er-schrecken darüber, wie leicht man „Nachrichten" erzeugen kann. Andererseits war er irgendwie stolz auf Angelos. Er hatte es mit der Hilfe von zwei Mann und fünf Kanistern geschafft, eine Unwahr-rheit zur Headline des Tages zu machen. Den Rest erfanden die Medien schlicht.

Aus den 50.000 Litern aus der ursprünglichen Meldung waren nun schon 100.000 geworden. Natürlich machten die 11-Uhr-Nachrichten mit dieser Meldung auf und zeigten die Bilder. Es waren die Aufnahmen von Angelos´ Rundflug.

„In Kürze sprechen wir mit dem Bürgermeister von Mykonos, Angelos Nikakis!"

So? Schwer möglich, denn der Herr Bürgermeister lag noch im Koma. Kaum zu Ende gedacht, hörte Alex, wie Angelos die Treppen herunterkam, noch sichtlich neben sich stehend und so verschwand er sofort in der Küche. Das Zischen der Maschine. Und ein erleichterter Seufzer.

Alex musste lachen. Angelos stand am Küchen-tisch in seinen Retro-Shorts. Alex merkte, wie sein

Hormonpegel stieg. Nach zwei Jahren konnte er sich noch immer nicht sattsehen.

Angelos setzte sich neben Alex auf die Couch.

„Morgenlatte oder war das ich?", fragte er mit einem Grinsen.

„Blöde Frage!"

„Aber du musst warten. In einer halben Stunde rufen diese Deppen an", knurrte Angelos.

„Große Show", sagte Alex anerkennend.

Angelos lächelte.

„War aber noch nicht alles!"

„Was machst du, wenn die Hubschrauber kommen und dein schwarzes Wasser fast verschwunden ist?"

„Durch den Westwind in die offene See getrieben!"

„Wir haben Nordwind, Großer!"

„Interessiert doch keinen. Die Leute kennen nicht einmal die Windrichtung vor ihrem Fenster", entgegnete Angelos.

„Morgen gibt es dann neue Bilder. Mit Öl verschmutzte Felsen, die von der Feuerwehr gereinigt werden!"

„Und lass mich raten: Kostas und seine Feuerwehrleute haben vorher ein halbes Fass über die Felsen gekippt. Natürlich an einer Stelle, wo meilenweit kein Mensch und auch kein Strand ist! Nur: wenn der Ölteppich nach Osten wandert, ‚ins offene Meer', wie kommt das Öl dann in den Nordosten der Insel?", fragte Alex.

„Ah, der Kommissar kommt bei dir durch! Gegenläufige Strömungen rund um Mykonos. Die kennen nur die Menschen hier. Wer will das widerlegen? Und auch hier gilt: Wer sollte nachfragen? Den Schiffseignern wird ohnehin niemand glauben. Und in drei Tagen ist alles vergessen. Aber die Herren hatten zwei äußerst unangenehme Tage."

„Gegenläufige Strömungen? Mach bei dem Telefonat bitte die Türe zu, sonst lache ich laut los!"

Im TV lief immer noch das Laufband: SCHIFF GEHÖRTE OFFENSICHTLICH DER AMERIKANISCHEN AEXCOM. KENNZEICHNUNG ENTFERNT. MARINE STOPPT SCHIFF VOR SANTORINI.

„Du hast die Marine angerufen?"

„Quatsch. Die Wasserschutzpolizei!"

„Aber außer dem Namen finden die nichts", erwiderte Alex.

„Egal. Jetzt geht es den Leuten nicht mehr um das Öl, sondern um den Schwindel. Und wir wissen, wem dieser ‚Ozeanretter' gehörte. Dank meiner Kollegen vom Fernsehen", sagte Angelos lachend.

11

Athen, Villa Maximos,

Dieser elende Sauhund, dachte Premierminister Antonis Migiakis. Ein Handy und ein paar Kanister und schon brodelt es in der Medienwelt.

Er ärgerte sich, empfand aber auch – wie schon bei ihrem Kennenlernen – Respekt vor seinem Kontrahenten.

Ich muss sofort hier raus, dachte der Premier. Bevor der amerikanische Botschafter aufkreuzt. Den ertrage ich jetzt nicht. Der tritt hier immer auf, als wäre er der oberste Besatzer einer Weltmacht. Kulturlose Deppen, dachte Migiakis mit dem Überlegenheitsgefühl der meisten Europäer.

Der Premier verließ die Villa Maximos, da rief ihm seine Sekretärin hinterher: „Vergessen Sie nicht den Termin mit dem Gesandten von Schardscha!"

Migiakis nickte – und fragte sich, was der Scheich denn von ihm will. Einen Scheck wird er wohl nicht vorbeibringen, dachte er. Schade eigentlich.

In Houston, Texas, hatten elf Männer ihre Köpfe eingezogen. Der Dreizehnte brüllte ohne Unterlass. Es war das größte PR-Desaster der Firmengeschichte. Diskretion war immer oberstes Gebot. Und nun befand man sich in einem medialen Shitstorm ohnegleichen.

„Wer immer das auch verbockt hat, wird in seinem Leben nicht mehr froh", brüllte Jackson. Wie in der ersten Klasse hob einer vorsichtig die Hand.

„WAS?", schrie Jackson.

„Es war doch gar kein Öl, wie wir jetzt wissen", sagte der mutige, junge Mann, der besser seinen Mund gehalten hätte.

„WEN INTERESSIERT DAS HEUTE NOCH? NACH ZWEI TAGEN MEDIENAUFSTAND? ICH WILL WISSEN, WER DAHINTERSTECKT! DIE EMIRATIS? DIE RUSSEN?"

„Äh, nein. Es war wohl der Bürgermeister von Mykonos, der das inszeniert hat", meldete sich ein Zweiter zu Wort.

„EIN BÜRGERMEISTER??" Jackson sprach das Wort aus, als wäre es gleichbedeutend mit „Küchenschabe".

„Ja. Es sieht so aus als wäre alles von ihm allein geplant worden. Das Büro des griechischen Premiers hat uns eine Kurz-Info geschickt, sie liegt auf ihrem Tisch.

Alle im Hause wussten, dass Jacksons Aufmerksamkeitsspanne genau die Länge einer DIN-A-4-Seite hatte. Mit großen Buchstaben.

Widerwillig griff Jackson zu dem Papier.

Er zog eine Augenbraue hoch.

„EINE SCHWUCHTEL FÜHRT MICH VOR? FRÜHER HABEN WIR SOLCHEN DIE EIER ABGESCHNITTEN. JAWOLL. DA WAR DIE WELT NOCH IN ORDNUNG!"

Jackson schnaubte noch, aber wenigstens setzte er sich. Üblicherweise das Zeichen, dass der schlimmste cholerische Anfall vorüber war.

„Wo ist unser Schiff jetzt?"

„Im Hafen von Rhodos. Unsere Anwälte sagen, es wird morgen freigegeben. Allerdings ohne Kapitän. Der wird wegen der Bohrung und der illegalen Kennzeichnung angeklagt!"

„Wenn er das Schiff nicht führen kann, soll er in dem griechischen Loch verrecken. Holt einen neuen Kapitän, der das Schiff übernimmt!"

„Und was machen wir mit Poroschenko?"

„HAB ICH DOCH GESAGT. NICHTS. ER SOLL ZUM TEUFEL FAHREN!"

Jackson lehnte sich zurück.

„Holt mir Clarke! Sofort!"

Clarke war Jacksons Allzweckwaffe.

Die „Operation Royals" überschritt die Grenze zwischen verrückter Idee und Realität.

12

Hast du eine Ahnung, was du mir einge-brockt hast? Der amerikanische Botschafter ist hier herumgehüpft wie Rumpelstilzchen", knurrte Premierminister Migiakis.

„Na, dann hat es sich doch gelohnt. Der Mann ist ein …"

„… kompletter Idiot. Als ob ich das nicht wüsste, Angelos. Aber der Typ ist so unverschämt, dass

man meinen könnte, Griechenland wäre ameri-
kanisch!"

„Du hast mich belogen, Antonis!", sagte Angelos.

„Und du hast den Schwindel des Jahres aufgezogen. Komm mir jetzt nicht mit Moral!"

„Du vergisst, wer angefangen hat. Ich habe nur
reagiert!"

Migiakis lachte.

„Ich hätte es wissen müssen. Aber ehrlich. Zuerst
hat mich fast der Schlag getroffen und dann
habe ich herzhaft gelacht. Mit dir sollte man sich
nicht anlegen!"

„Merk dir das doch einfach", schlug Angelos vor.
„Die Bohrungen sind wohl für die nächste Zeit
gestorben?"

„Was glaubst du denn. Hörst du das Geschrei der
Greenpeace-Idioten vor meiner Villa nicht? Deine
Fake-Bilder der ölverschmierten Küste waren be-
eindruckend. Hast du das Öl selbst
ausgeschüttet?"

„Nein. Die Feuerwehr", antwortete Angelos
gelassen.

Migiakis lachte laut auf.

„Mistkerl. Aber ich habe noch etwas anderes für
dich!"

„Oh je. Der nächste Anschlag auf meine Nerven!"

„Bestimmt. Der Gesandte von Schardscha war
hier. Die Kronprinzessin kommt zu euch?"

„Kronprinzessin? Gibt doch gar keine weibliche
Thronfolge bei den Scheichs", stellte Angelos fest.

„Ah, der Herr liest die Adelspresse?", spottete
Migiakis. „Den Titel hat sie trotzdem!"

„Aha. Und was will sie hier?"

„Angeblich eine Schönheits-OP!"

Angelos lachte laut.

„Also eine Sex- und Drogenkur! Wunderbar! Aber ich spiele nicht das Kindermädchen für eine verwöhnte Göre!"

„Ich habe dich als unseren kompetentesten Sicherheitsbeamten empfohlen!"

„Das ist wohl die Retourkutsche?", fragte Angelos.

„Aber eine harmlose. Wäre dir der Kronprinz lieber gewesen?"

„Mit Verlaub, Herr Premierminister, du bist ein Vollidiot!"

13

Ich bin doch keine Nanny", knurrte Angelos, als die Herren Nikakis sich zu Bett begeben hatten. „Wäre es der Kronprinz …"

„Jetzt fängst du auch noch an. Erstens weiß ich gar nicht, wie der Prinz aussieht. Zweitens bin ich kein Schicki-Micki-Bodyguard und …"

„Drittens magst du keine Frauen", sagte Alex.

„Das stimmt doch gar nicht. Ich mag sie nur nicht, wenn sie zickig und laut sind", rechtfertigte sich Angelos.

Er war das, was man einen Macho-Schwulen nennt. Kein Funken feminin, dagegen war er mehr als allergisch. Angelos reagiert auf Drag-Queens ähnlich wie ein katholischer Geistlicher. Obwohl …

„Ich kann das Getue nicht ab. Warum müssen die immer so schrill sein? Geht's nicht auch normal?"

Ein CSD war Angelos ein Gräuel. Punkt 1 Menschenmassen. Punkt 2 zu laut. Punkt 3 zu rosa. Einen „schwulen Hetero" hatte ihn Alex mal genannt. Tatsächlich hatte Angelos mit Frauen nichts am Hut und noch nie eine angefasst.

„Wozu sollte ich? Ein Frauenkörper ist so erotisch wie eine Holzkiste!"

Alex hingegen war sogar einmal verheiratet – also mit einer Frau. „Das macht jeden Hetero schwul", witzelte er immer. Seinen Mangel an sexueller Lust in seiner Ehe hatte er immer mit seiner Trägheit erklärt. Als Alex Angelos kennenlernte, wurde ihm bewusst, dass er vieles verpasst hatte. Und es wurde nachgeholt.

„Wie sieht sie eigentlich aus?", fragte Alex und Angelos schob das Notebook auf dessen Seite des Betts.

„Das ist mal eine orientalische Schönheit", sagte er. Angelos schaute ihn finster an.

„Na-natürlich nicht so schön und klug wie du", schob Alex nach.

„Schleimer!"

Angelos rückte an Alex heran und flüsterte ihm ins Ohr: „Bekommst du einen heterosexuellen Rückfall? Das sollten wir sofort überprüfen!"

Er leckte Alex zärtlich am Ohr. Fünf Sekunden später war der Gegenbeweis zu sehen.

„Gut. Beruhigt mich", sagte Angelos und drehte sich grinsend zur Seite.

„Du kannst mich doch jetzt nicht so sitzen lassen", beschwerte sich Alex.

„Ruf doch Safiye an", knurrte Angelos.

„Ich bin mit dir verheiratet und nicht mit wie auch immer", sagte Alex. „Bitteeee!"

„Du möchtest Sex mit dem Herrn Bürgermeister?" Angelos lachte.

„Und mit meinem Mann", fügte Alex hinzu, dessen Hormonpegel schon im tiefroten Bereich lag.

Eine Stunde später war Alex körperlich am Ende, aber in Hochstimmung.

„Glücklich, arkoudaki-mou?", fragte ein verschwitzter Angelos.

„Oh jaaaa!" Bärchen war zufrieden.

14

Houston

Clarke hatte gelernt, Jackson nicht zu widersprechen oder Bedenken anzumelden. Zweifel behielt er für sich. Lösungen musste er selbst finden. Pläne haben die Eigenschaft, dass sie oft noch vor dem ersten Punkt schon Makulatur sind. Deswegen arbeitete

Clarke mit Korridoren und entwickelte fast immer eine Art Stammbaum. Wenn A funktioniert, dann weiter mit …

Funktioniert A nicht, dann weiter mit… So lief es immer. Und Clarke wurde mehr als wohlhabend. Jackson erwartete die Ausführung seiner Pläne. Das Ergebnis zählte, nicht der Weg dorthin. Das war Clarkes Sache.

„Wie schaut es aus mit der Polizei vor Ort?"

„Zwei Kommissare und ein paar Streifenpolizisten. Die beiden Kommissare sind miteinander verheiratet!"

„Eine weibliche Kommissarin?", fragte Jackson. Schon dies überstieg sein Vorstellungsvermögen. Das Dossier hatte er – wie erwartet – nicht gelesen.

„Nein. Beides Männer. Trotzdem verheiratet. Nicht unüblich auf Mykonos", sagte Clarke.

Jackson hasste Schicki-Micki-Orte wie Marbella oder Monaco. Urlaub macht man am besten gar nicht und wenn, dann zuhause.

„Einer der beiden ist auch Bürgermeister. Er hat uns den ganzen Schlamassel eingebrockt."

„Zur Not, Sie wissen schon", sagte Jackson.

„Noch mehr Aufsehen? Davon würde ich – mit allem gebotenen Respekt – abraten. Ich muss ihn unter Beobachtung oder besser noch unter Kontrolle halten. Unterschätzen darf ich ihn nicht. Laut dem Dossier hat er den Premierminister in gewaltige Schwierigkeiten gebracht. Man munkelt, die beiden hätten einen Burgfrieden geschlossen!"

„Was bedeutet, dieser Bürgermeister erpresst Migiapoulos!", ging Jackson unwirsch dazwischen. „Migiakis. Ja, ich denke, dieser Nikakis hat irgendetwas in der Hinterhand. Und das bedeutet, dass uns die griechische Regierung nicht helfen kann und wird. Das übliche Verfahren mit Druck, Druck und nochmals Druck wird nicht funktionieren. Aber mir sind klare Fronten ohnehin lieber."

„Dann passen Sie mal auf Ihren Hintern auf, Clarke!" Jackson lachte über seinen eigenen Scherz.

„Wichtig ist Folgendes: Washington muss dafür sorgen, dass ich dem Ermittlerteam angehöre. Der Emir wird sicherlich Hilfe aus Washington anfordern. Spezialisten vom FBI oder CIA, wie auch immer. Und ich brauche Technik und Waffen vor Ort. Die Liste habe ich hier!"

„Betrachten Sie es als erledigt. Wann geht es los?"

„Nun, die Kronprinzessin kommt übermorgen an. In den folgenden zwei Tagen wird es dann passieren", sagte Clarke.

„Nicht ein wenig knapp für die Vorbereitung?", fragte Jackson.

„Nein. Es ist immer ‚the same procedure'. Nur die Location ändert sich. Hinzu kommt, dass ich Mykonos kenne!"

„So? Sagen Sie nicht, dass Sie dort mit Strapsen herumgelaufen sind!"

Wieder wieherte Jackson.

Du bist ein primitives Arschloch, dachte Clarke. Ein gut zahlendes Arschloch.

Aber Clarke machte sich keine Illusionen. Sollte er in Schwierigkeiten geraten, so würde Jackson keinen Finger rühren. Der Kapitän der „Subsea 7" hatte die „Methode Jackson" schon zu spüren bekommen.

Vor Betreten der oberen Etage des AEXCOM-Turmes musste jeder Besucher das Handy abgeben und durch einen Detektor gehen.

Was der Detektor jedoch nicht erkennen konnte, war die kleine 8 mm-Wanze aus russischer Produktion.

Meine Versicherung, dachte Clarke und nahm ein Taxi zum Flughafen.

Houston. Atlanta. Athen. Mykonos.

Erster Klasse, denn Clarke benötigte die Zeit zur Vorbereitung.

Zum fünften Male las er die Klatschmeldung, wonach die Prinzessin von Schardscha sich gerüchteweise einer Schönheits-OP in Mykonos unterzieht.

Hoffentlich liest keiner aus dem Palast die Meldung, sonst verbietet der Emir zuletzt den Ausflug, dachte Clarke.

15

Mykonos

„NEIN. Unter keinen Umständen kannst du so zum Flughafen", sagte Alex bestimmt.

Angelos schaute verdutzt. Jeans und weißes Muskelshirt. Wie immer.

„Seit wann gefällt dir das nicht mehr? Muss ich mir Sorgen machen?"

„Doofkopf. Mir gefällst du so am besten, aber für eine ‚königliche Hoheit' ist das etwas zu leger."

„Königliche Hoheit? Ich dachte, die Zeiten sind vorbei?"

„Heißt, du hast die Mail vom Protokollarischen Dienst nicht gelesen", seufzte Alex.

„Nö. Küsschen rechts und links sind wohl nicht angebracht?", fragte Angelos mit Unschuldsmiene.

„Es ist eine Kronprinzessin und kein Prinz", stichelte Alex.

„Jetzt bist du der Vollidiot. Also kein Küsschen, kein ‚Hallo, Safiye!' und kein Arm-über-die-Schulterlegen. Und dazu schwarze Hose und ein Sakko? Aber Krawatte kannst du vergessen!"

„Jetzt kommen wir der Sache schon näher!"

Angelos zog die Jeans wieder aus und hörte Alex knurren.

„Heiliger Gott, Alex. Es ist noch keine zehn Stunden her. Ich habe einen Geschlechtsdepp als Mann", sagte Angelos lachend.

„Wäre es dir lieber, ich würde gähnen statt knurren?"

„Würde jemand bei diesem Anblick gähnen?", fragte Angelos und zog die Shorts langsam herunter.

Ich muss sofort hier raus, dachte Alex, drehte sich um und knallte gegen den Türrahmen.

Schwankend ging er ins Bad.

„Alex? Du wirst doch nicht etwa onanieren?", fragte Angelos lachend. „Oder wäre es dir lieber, wenn ich reinkomme? Zehn Minuten haben wir noch. Das müsste …"

Die Tür ging auf. Eine Hand griff nach Angelos´ Shirt und zog ihn hinein.

„Aber beschwer´ dich nicht, wenn du danach Flecken auf der Hose hast!", flachste Angelos.

16

Mykonos, Flughafen

Der Learjet hatte die Parkposition eingenommen und die Triebwerke waren abgestellt. Alex war nervös, denn gleich würde die Treppe ausgefahren. Angelos war noch auf der Toilette und versuchte, den Fleck auf dem T-Shirt-Rücken zu trocknen. Gott sei Dank gab es noch

Toiletten mit Trocknungsfönen. Meine Schuld, dachte Alex und wunderte sich darüber, dass er in keinster Weise seine Triebe im Zaum halten konnte.

Die Türe öffnete sich und heraus kamen zuerst zwei Männer, bei denen auf der Stirn das Wort „Schläger" hätte stehen können. Und danach kam sie. Eine Schönheit mit leuchtenden grünen Augen in einem schwarzen Cocktailkleid.

Der oberste Ayatollah des Landes hätte einen Anfall von Schnappatmung bekommen. Eine Szene wie aus einem Foto-Shooting, das Haar durch den Wind flatternd.

„Willkommen auf Mykonos, Königliche Hoheit", sagte Alex und machte eine kleine Verbeugung.

„Herzlichen Dank. Sind Sie der Bürgermeister und mein oberster Beschützer?", fragte Safiye.

Alex schüttelte mit dem Kopf.

„Nein, das ist er!" und deutete auf Angelos, der auf das Flugzeug zu rannte.

„DAS ist der Bürgermeister? Sehen hier alle Männer so aus?", fragte Safiye.

Angelos gab ihr – ein wenig außer Puste – die Hand.

„Alex hat sie ja schon willkommen geheißen. Darf ich vorstellen, Alexandros Nikakis. Und ich bin Angelos Nikakis!"

„Das hätte ich jetzt nicht gedacht. Sie sehen nicht aus wie Brüder!", sagte Safiye.

„Äh, Wir sind keine Brüder, sondern verheiratet. Alex ist mein Mann", antwortete Angelos.

Safiye schaute kurz verstört, begriff aber schnell.

„Oh. Das ist mir jetzt peinlich. Aber ich denke, ich werde mich hier sehr wohlfühlen. Darf ich die Herren zum Abendessen einladen? Wenn ich noch einen Tag mit diesen maulfaulen Schränken am Tisch sitzen muss, werfe ich mich in die Turbine, Ich möchte alles über sie beide wissen, natürlich nur, wenn Sie es mir denn erzählen wollen!"

„Wir nehmen Ihre Einladung gerne an", sagte Angelos. „Dinner mit Bewachung!"

Safiye lächelte.

„Wir sehen uns um zehn in den ‚Mykonos Villas' in Kalafati!"

„Noch eine kurze Frage. Wann und wo ist Ihre, äh, Operation?", fragte Alex.

„Welche Operation?", fragte Safiye und lachte.

„Aber sagen Sie es den Schränken nicht. Und es könnte sein, dass ich ein paar Verbände von Ihnen brauche!"

Angelos lachte.

„Wird erledigt. Bis später!"

Im Gehen hörte Angelos noch, wie die Kronprinzessin sagte: „Das muss ich unbedingt meinem Bruder erzählen!"

Auch Alex hatte es gehört.

„Was hat sie damit gemeint?"

„Ich habe nicht die geringste Ahnung!"

17

Clarke war – trotz erster Klasse – nach 18 Stunden Flug vollkommen durch den Wind. Das einzige, was er realisierte, als er am Flughafen Mykonos ankam, war die angenehme Temperatur von 25 Grad. Ein gutes Zeichen. Er hatte genug Operationen bei brüllender Hitze oder bei Eiseskälte durchgeführt, um zu wissen, dass moderate Temperaturen hilfreich sind. Besonders bei Hitze fällt einem das Denken schwer.

Er fuhr mit seinem Leihwagen, dem unvermeidlichen schwarzen SUV, zu seinem Quartier, dem „Solymar" in Kalo Livadi.

Der Strand war wenig frequentiert und hatte zwei weitere Vorteile: es gab zwei Zufahrten und er lag nur eine Bucht entfernt von Kalafati, wo die Prinzessin logierte. Zwar hätte auch Clarke ein Haus in den „Villas Mykonos" beziehen können, zu einem horrenden Preis, doch es wäre zu auffällig, da der Gästekreis sehr klein war. Es gab nur acht Luxusvillen. Zudem herrschte in der Umgebung eine Kameradichte, die höher war als in einem Fernsehstudio.

Clarke hatte noch nicht beschlossen, wo er zuschlagen würde, aber er ahnte, dass es besser wäre, sie außerhalb der „Villas" zu kidnappen. Auf der Fahrt oder in einem der Clubs. Denn eines wusste Clarke: der Klatschbericht im Internet, sie unterziehe sich einer Schönheits-OP, war eine

Ente. Die Prinzessin hatte sicherlich nichts Derartiges nötig. Außer sie müsste ihr Jungfernhäutchen restaurieren lassen. Die galt in Arabien als Trophäe des zukünftigen Ehemanns. Aber ein Gefühl sagte ihm, sie war tatsächlich noch unberührt. Der Emir ist dafür bekannt, dass er seine Kinder nicht eine Minute unbeobachtet ließ. Die Schlafzimmer der Söhne und Töchter waren verwanzt und mit Kameras versehen, ohne dass es die Kinder wussten.

Clarke hatte drei Mitstreiter engagiert, die er aus Afghanistan kannte und die Erfahrungen in Sachen Entführung hatten. Und zwar als Entführer. Paschtunen, denen auch Grausamkeit nicht fremd war. In westlicher Kleidung und mit der entsprechenden Frisur gingen sie problemlos als Griechen durch.
Und sie hatten ein persönliches Motiv: Schardscha hatte die Kräfte unterstützt, die ihre Heimat verwüstet hatten. Alle drei Paschtunen verloren dabei Familienmitglieder.
Clarke lächelte. Hass ist die beste Motivation. Und die drei würden dafür sorgen, dass sich das Thema Jungfernhäutchen nicht mehr stellen würde.

18

Selbst Bürgermeister Angelos Nikakis war erstaunt, was es für luxuriöse Resorts auf „seiner" Insel gab.

Einige der wirklich teuren und exklusiven Hotels kannte er ja. Immer wieder wunderte er sich, was Reiche als schön empfanden. Aber die Gesichter sahen trotzdem nicht glücklich aus.

Doch die „Villas Mykonos" stellten eine eigene Welt dar. Jedes Haus hatten einen eigenen Pool, auch wenn Pool nicht die richtige Bezeichnung war. Es war eher eine Seenlandschaft mit Fontänen und kleinen Brücken. Zwischen wehenden Tüchern aus Seide war gedeckt.

Alex bekam den Mund nicht zu. Das war das Schönste, was er je gesehen hat. Und Angelos registrierte Alex´ Verzückung mit einem Schmunzeln.

„Na, deine Augen leuchten ja richtig angesichts von so viel Schönheit. Ich dachte immer, das bezieht sich nur auf mich", sagte Angelos und prustete los.

„Wie kommt es nur, dass manche dich für einen Angeber halten?", scherzte Alex.

„Ich habe nicht den Hauch einer Ahnung! Ah, Prinzesschen kommt!"

„Bitte ‚Hoheit'. Nicht dass es zu einem diplomatischen Zwischenfall kommt!"

„Jetzt mach dir nicht ins Hemd. Heute Mittag hattest du Sex mit Krawatte – das ist peinlich", flüsterte Angelos. Stimmt. Schön war es trotzdem.

„Hallo", sagte die Prinzessin, als sie in einem glitzernden, roten Abendkleid die Terrasse betrat, die durch Dutzende von großen Fackeln erleuchtet wurde.

„Hoheit ...", begann Angelos.

„Ach, das können wir doch lassen. Wenn ich Angelos und Alex sagen darf, bin ich Safiye für euch", nahm Safiye die Zustimmung vorweg.

„Gerne. Mir wäre es sowieso herausgerutscht. Ich bin kein Royalist!"

Alex verdrehte die Augen.

„Glaubst du ich? Da täuschst du dich. Mir und meinem Bruder wäre die Demokratie viel lieber. Aber der Rest meiner Familie lebt in der Vergangenheit. Dabei ist alles um sie herum modern. Ein grotesker Gegensatz. Allein, wie man uns Frauen behandelt. Erst seit zehn Jahren dürfen wir überhaupt Fahrrad fahren", beklagte sich Safiye.

„Das wiederum finde ich sehr vernünftig", hörte sich Angelos sagen.

„ANGELOS", zischte Alex.

Aber die Prinzessin lachte laut.

„Stimmt es also doch, dass Schwule keine Frauen mögen!"

„Nein. So war es nicht gemeint. Ich habe nichts gegen Frauen, solange sie mich nicht anfassen und anschreien", erwiderte Angelos und lachte.

„Ich dachte immer, Schwule seien irgendwie weiblich!"

„Schau ihn doch an. Der Übermacho", sagte
Alex.

„Möchtest du einen Mann im Röckchen?", fragte
Angelos zurück.

„Natürlich nicht. Aber wir langweilen Safiye
bestimmt!"

„Nein. Ich finde es köstlich. Bei uns gibt es ..., halt,
Quatsch, bei uns sieht man keine Schwule.
Obwohl es sie natürlich gibt. Stopp. Stimmt nicht.
Einen kenne ich und ich mag ihn sehr!"

„Was passiert denn in Schardscha, wenn ..."

„ANGELOS!"

„Jetzt lass mich endlich. Prinzessin will etwas
wissen, Prinzessin bekommt eine Antwort. Dann
habe ich eine Frage!"

„Comedy pur ", sagte Safiye lachend.

„Zu deiner Frage: ich glaube, mittlerweile gibt es
nur noch Prügel. Obwohl das natürlich barbarisch
ist!"

„Nicht immer", widersprach Angelos grinsend.

„ANGE.. ich lasse es einfach." Alex resignierte.

„Vergiss nicht. Emiratische Mädchen haben
davon keine Ahnung", sagte Safiye.

„Ist das so?"

„Wechseln wir lieber das Thema. Wie habt ihr
euch denn kennengelernt?", fragte Safiye.

„Ich habe ihn auf der Straße aufgelesen", sagte
Angelos trocken.

„Von wegen. Ich habe ihn festgenommen. Ich
war ..."

„... du bist..", ging Angelos dazwischen.

„… Kommissar und er hatte offensichtlich Drogen genommen. Die Augen waren glasig", erklärte Alex.

„Aber ich dachte, du bist Kommissar und Bürger-meister!"

„Bin ich auch. Damals nur Kommissar, aber im Urlaub darf man doch wohl mal etwas aus-spannen", sagte Angelos.

Die Prinzessin amüsierte sich prächtig. Zuhause wären solche Gespräche undenkbar. Mit Schwulen schon gar nicht.

„Und was hast du dann gemacht, Alex? Hast du ihn ins Gefängnis gesteckt?"

„Hätte ich das mal gemacht. Nein, ich habe ihn mit nach Hause genommen!"

Safiyes Lachen wurde immer lauter.

„Und dafür wurdest du prompt belohnt", sagte Angelos.

„Oh Gott, hoffentlich hören uns die beiden Kletten von Bodyguards nicht!"

„Und eine Woche später habe ich mich erbarmt, und Alex geheiratet!"

„Von wegen! Was ist denn das für ein Steak? Das schmeckt ja fantastisch", sagte Alex.

„Bestimmt schwules argentinisches Rind, mit Milch von Hand aufgezogen", antwortete Angelos.

Nun war Safiyes Lachen bis zum Strand zu hören.

„Safiye, wie sieht dein Programm aus? Ich muss es fragen, weil wir die Verantwortung für deine Sicherheit tragen. Und Mykonos ist nicht ganz ungefährlich!"

„Mein Programm? Freiheit! Tanzen! Drogen! Alles, was ich zuhause nicht darf. Und wahrscheinlich nie mehr, weil mich mein Vater verheiraten will. Da möchte ich vorher noch all die Dinge machen, die andere Mädchen oder Frauen bei euch ihr Leben lang tun können!"

Safiye wurde nachdenklich.

„Seitdem ich verheiratet bin, darf ich auch nichts mehr", versuchte Angelos Safiyes Laune wieder zu heben. Es gelang.

„Unverschämtheit", knurrte Alex.

„Nein, nein. Ich bin glücklich mit meinem arkoudaki!". Angelos streichelte Alex über den Kopf. „Außerdem bekommt er selbst davon eine Erek .., äh, Gänsehaut!"

„Was bedeutet ,arkoudaki'?", fragte Safiye.

„Bärchen. Er ist mein Bärchen!"

„Knurrt er?", hakte Safiye nach.

„Ja, besonders, wenn er geil ist. Oh, Entschuldigung!"

„Es tut mir leid. Das Glas Wein steigt ihm zu Kopf", sagte Alex.

„Zurück zum Thema. Es macht wohl wenig Sinn, die Kletten mitzunehmen …"

„Unter keinen Umständen. Die zwei sind wandelnde Kameras mit eingebauten Wanzen", sagte Safiye.

„Dann bleibt uns wohl nichts anderes übrig, als die Tour selbst zu organisieren. Wenn mein älterer Herr hier nicht zu müde ist", klopfte Angelos Alex auf die Schulter.

„Klar. Du bist der ewige Schönling und ich der Greis", knurrte Alex.

„Jetzt stell´ dich nicht so. Ich bin dreißig und Alex 36", klärte Angelos Safiye auf.

„Ihr zwei seid echt süß. Wenn ihr mit mir ausgeht, kann mir nichts passieren UND ich habe Spaß!"

„Wie kriegen wir die Kletten los?"

Safiye zückte ihr Handy, sprach erst normal und wurde dann laut. Das letzte Wort klang wie ein „Basta"!

Natürlich verstanden Angelos und Alex nichts. Der Dialog hätte sie mehr als nur amüsiert:

„Ich gehe mit den zwei Kommissaren noch in die Stadt. Ihr braucht nicht mitzukommen, beschützt bin ich ja!"

„Allein mit zwei Männern? Das wird dem Emir …"

„Die zwei Kommissar sind schwul und verheiratet!"

„Was heißt ‚schwul'?"

Ihre bisherigen Bodyguards waren schon mehr als unterbelichtet, aber genau deswegen werden sie auch ausgewählt. Unwissend, beschränkt und Befehlen blind gehorchend. Meist stammen sie aus der Wüste.

„Schwul heißt ‚Mann liebt Mann'."

Stille.

„Nein. Keiner kann schwanger werden." Allah, hilf mir. „Sie interessieren sich nicht für Frauen. Ungefährlicher geht es nicht!"

So zogen Alex, Angelos und die Prinzessin los, um sich in das Nachtleben von Mykonos zu stürzen.

Es würden die letzten unbeschwerten Stunden im Leben von Prinzessin Safiye sein.

19

Alex saß vollkommen fertig an der Bar im „Tropicana" am Paradise Beach. Trotz der Ohropax, die immer im Auto parat lagen, aber eher für Hubschrauberflüge vorgesehen waren, bebten seine Trommelfälle. Wie kann man das nur aushalten, fragte er sich, als der House-beat noch lauter wurde.

Die Prinzessin hingegen war nicht zu bremsen. Es war schon der zweite Club. Zuvor musste Alex schon das „Scorpio´s" über sich ergehen lassen.

„Bitte. Kannst du nicht allein mit ins ‚Tropicana'?", flehte er Angelos an.

„Nein. Du beschwerst dich immer, dass ich dich nicht mit einbeziehe und dass wir ein Team sind. Dann sind wir es auch bitte, wenn es unange-nehm wird. Glaubst du, mir macht das Spaß?", antwortete Angelos.

Jaja, du hast ja Recht, dachte Alex. Aber einen Versuch war es wert.

Angelos tanzte mit der Prinzessin, die das Wort Erschöpfung offensichtlich nicht kannte. Aber sie war 19 und „hungrig". Konnte man verstehen.

„Jetzt geht auch mir langsam die Luft aus", japste Angelos, als er sich neben Alex setzte.

„Wenn die meint, ich mache das noch ein paar Tage so weiter, täuscht sie sich. Den guten Willen haben wir gezeigt!"

„Aber sie schaut nicht so aus, als würde sie müde werden", jammerte Alex.

„Oh, das haben wir gleich", sagte Angelos und zog einen Joint aus der Brusttasche seines verschwitzten weißen Shirts. „Hoffentlich ist er nicht zu feucht!"

„Wo zum Teufel hast du den her?"

„Ach, ich habe immer ein paar im Büro parat. So wird aus Sitzungen, bei denen man weinen könnte, ein richtiger Spaß!"

Alex lachte.

„Der oberste Polizist hat Joints im Büro. Du bist unglaublich!"

„Als Bürgermeister hast du zwei Möglichkeiten: Drogen oder Schlaganfall", stellte Angelos fest.

„So und jetzt geht Prinzesschen mit mir an den Strand einen rauchen. Ich wette, es dauert keine 30 Minuten und sie wird müde!"

Es dauerte zwanzig Minuten.

Dann kam Angelos zurück und musste Safiye halten, sonst wäre sie umgefallen.

„Gott, bin ich dir dankbar", sagte Alex.

„Unterstehe dich, mir deine Dankbarkeit noch zu zeigen. Ich will nur noch schlafen!"

Alex wollte lachen, aber Sex war wirklich undenkbar.

Die zwei Bodyguards schauten wenig erfreut, als Alex und Angelos Safiye zur Villa führten.

Aber wenn die Herren Nikakis diesen Tag als Zumutung empfanden: er war nichts im Vergleich zum Terror des folgenden Tages.

20

Cannabis zu später Stunde führt dazu, dass auch am frühen Morgen noch THC im Gehirn wabert. Und so wachte Prinzessin Safiye gegen 8.00 Uhr auf und fühlte sich wie auf einer Wolke.
Sie beschloss, joggen zu gehen, nur zum nächsten Strand – Kalo Livadi. Ihre Bodyguards folgten ihr im schwarzen Wagen.
Sie lief die Anhöhe hinter Kalafati-Beach hinauf und folgte der Straße. Sie war alleine. Kein Mensch, kein Auto zu sehen. Kurz vor der Kuppe meldeten sich ihre Muskeln, zum ersten Mal seit der vorigen Nacht. Das Marathon-Tanzen hatte doch seine Spuren hinterlassen. Sie verließ die Hauptstraße und lief nach links, um gleich wieder rechts den steilen Berg hinunter zu joggen.

Zurück nehme ich den Wagen, dachte sie, als die Schmerzen durch die steile Neigung zunahmen. Entschädigt wurde Safiye durch den Blick auf das Meer und den Strand zur Rechten.

Die Straße hingegen wurde zunehmend miserabler. Löcher, in denen ganze Kleinwagen verschwinden könnten. Ein falscher Tritt und ihr Knöchel wäre Geschichte. Daher suchte sie nach einem Weg auf dem Bankett. Hinter ihr fuhr der schwarze Wagen. Sie musste lächeln, als sie hörte, wie die Bodyguards im Auto fluchten. Der Unterboden setzte mehrmals auf.

Rechts stand ein Wagen der OTE, der Telefongesellschaft. Permanent im Einsatz – nicht wegen der Telefone, denn auf Mykonos kommunizierte man nur per Handy. Nein, OTE war permanent im Einsatz wegen der Internetkabel. Überall auf der Insel wurde gebaut und renoviert, sodass man nicht hinterherkam. Insofern war ein Fahrzeug der OTE Teil jedes Straßenbildes.

„Hat wohl eine Reifenpanne", dachte Safiye, denn vor dem linken Vorderrad kniete ein Mann, der einen Kreuzschlüssel in der Hand hielt und so beschäftigt schien, dass er nicht aufsah.

Als Safiye an dem Wagen vorbeilief, öffneten sich die Türen und zwei Mann in schwarzen Overalls und mit Masken sprangen heraus. Sie stürzten sich auf Safiye und rissen sie zu Boden.

Im Fallen sah sie noch, dass der Mann, der sich vermeintlich um den Reifen gekümmert hatte, unter seinem Basecap ebenfalls eine Maske trug. Und dass der Kreuzschlüssel keiner war, sondern eine Maschinenpistole.

Er eröffnete sofort das Feuer auf den Wagen, der keine hundert Meter entfernt war.

Der Fahrer wurde getroffen und das Auto krachte in ein großes Schlagloch und blieb stehen. Aber der Fahrer war noch am Leben. Er öffnete die Türe, machte trotz Verletzung eine Rolle und begab sich in Schussposition. Er feuerte. Zu kurz. Zu lang. Kein Wunder, denn dazwischen wurde er von drei Kugeln getroffen.

Der zweite Bodyguard suchte zunächst Deckung hinter dem leicht schräg stehenden Wagen. Doch es hagelte Geschosse.

In der Zwischenzeit stießen zwei der Maskierten die Prinzessin in den OTE-Laster. Der Dritte begab sich in eine bessere Schussposition, weiter hinaus aufs Bankett.

Er schoss und der zweite Bodyguard fing sich einen Schuss in den Oberarm und einen in der

Schulter ein. Der OTE-Laster schoss heftig schaukelnd die Straße zum Strand hinunter, verschwand hinter dem Restaurant „Solymar", um kurz darauf auf dem Parkplatz Vollgas zu geben. Er zog eine riesige Staubwolke hinter sich her, denn der Parkplatz war nicht asphaltiert. Der zweite Bodyguard sah noch, wie der Laster am Ende der Bucht wieder bergauf fuhr.

Die Straße führt in die nächste Bucht: Elia. Mein Leben ist keinen Pfifferling mehr wert, dachte der Bodyguard. Er beneidete seinen toten Kollegen. Der Emir wird mich totprügeln lassen, weil ich versagt habe.

Er griff nach seinem Handy, drückte eine Taste und sprach.

Dann nahm er seine Pistole und schoss sich in den Kopf.

Es war 8.15 Uhr.

21

Kalo Livadi Beach war menschenleer um diese Zeit. Zwar hatten die Damen und Herren der Oberschicht in ihren Villen am Berghang den Schusswechsel gehört, kümmerten sich aber entweder nicht darum oder hatten von ihrer Security die Anweisung, im Haus zu bleiben. Nachzusehen, ob bei dem Schusswechsel jemand verletzt wurde, um zu helfen: Fehlanzeige.

In den zwei Häuserreihen entlang der Straße, an der sich die Entführung ereignete, wohnte niemand. Es waren Ferienhäuser. Nur ein sehr exklusives Hotel befand sich gut 300 Meter vom Geschehen entfernt. Aber auch dort beschloss man, nicht nachzusehen. Wer Leichen findet, kommt immer gewaltig in Schwierigkeiten und warum einen ganzen Tag auf der Polizei verbringen, wenn man am Pool mit Cocktails sitzen kann.

So war es Paul Pandis, einer der Kellner im „Solymar", der die steile Straße hinunterfuhr und nach rechts abbog. Hinter einer Kuppe sah er ein stehendes Fahrzeug, neben dem zwei Männer lagen. Sie lagen in Blutlachen. Da er keine Schüsse gehört hatte – er wohnte in Ano Mera -, hielt er es für einen Verkehrsunfall, auch wenn kein zweites Fahrzeug zu sehen war.

Er rief die Polizei und meldete einen Verkehrs-unfall.

Die Verkehrspolizei benötigte zwanzig Minuten bis Kalo Livadi, welches im Osten der Insel lag. Dann allerdings dauerte es nur eine Minute, bis die Polizisten erkannten, dass sie – Gott sei Dank – nicht zuständig waren.
Um 9.47 Uhr riefen Sie bei Kommissar Angelos Nikakis an. Eine Stunde und zweiunddreißig Minuten nach dem Zwischenfall.

Doch einer der Bodyguards hatte ein letztes Telefonat geführt. Um 8.16 Uhr ging der Anruf bei der Botschaft des Emirats Schardscha ein. Der Botschafter war um diese Zeit noch nicht anwesend. Die Telefonistin wusste nicht, wie sie den Anruf einordnen sollte. Die Prinzessin auf Mykonos? Unwahrscheinlich. Zudem sprach der Mann in abgehackten Sätzen. Er war schwer verletzt, aber das wusste sie nicht.
Der Botschafter kam um 9 Uhr und hörte sich das Telefonat an. Er wusste, dass Safiye auf Mykonos war und rief sofort die Nummer der Bodyguards an. Aber das Klingeln in der Blutlache blieb ungehört.
Der Botschafter rang fünf Minuten mit sich, ob er den Palast in Schardscha informieren sollte, entschied sich aber dagegen. Erst Druck machen, damit er dem Emir gegenüber etwas vorzuweisen hatte.
Der Botschafter ließ sich mit der Villa Maximos verbinden, dem Amtssitz des griechischen Premierministers in Athen. Dort erhielt er die Auskunft, der Premier wäre in einer Sitzung und

wollte nicht gestört werden, „selbst wenn die Akropolis eingestürzt ist", wie die Chefsekretärin dem Botschafter ausrichtete. Sie empfahl, im Innenministerium anzurufen, welches zuständig sei. Dort erhielt der Botschafter die Information, dass der Innenminister in der gleichen Sitzung saß wie der Premierminister.

Der Botschafter kochte.

„Blöde Kuh!"

Er beschloss, zur Villa Maximos zu fahren und dort Rabatz zu machen.

„Nehmen Sie doch solange im Garten Platz. Da ist die Luft besser als hier drin!"

„MIR IST NICHT NACH GUTER LUFT. UNSERE PRINZESSIN IST ENTFÜHRT WORDEN", brüllte er.

Die Dame war pikiert und erklärte, besagte Sitzung finde am Flughafen Venizelos in den dortigen Konferenzsälen statt.

Da die Vorzimmerdame noch aus der Links-Regierung stammte, hatte sie es nicht so mit Royals, vom antiquierten Frauenbild ganz zu schweigen. Aber der Botschafter war ihr lästig. Sie wusste, dass der Premierminister den Bürgermeister von Mykonos gut kannte. Mehrmals hatte der Premier sie gebeten, in Mykonos anzurufen. Aber aus bekannten Gründen hatte Migiakis ihr gesagt, dass sie über diese Anrufe zu schweigen hätte.

„Versuchen Sie Ihr Glück am Flughafen. Ich rufe nicht an. Klare Anweisung des Premiers."

Es war 9.32 Uhr.

Der Botschafter fuhr zum Flughafen. Rushhour in Athen und der neue Flughafen lag dazu außerhalb der Stadt.

Selbst mit seinem Diplomatenpass dauerte es, bis die Sicherheitsbeamten des Premiers ihn durchließen.

Um 10.12 Uhr wurde er vorgelassen.

Um 10.13 Uhr rief Premierminister Migiakis bei Angelos Nikakis an.

Der fuhr gerade die steile Straße nach Kalo Livadi hinunter. Er war vor 26 Minuten von der Polizei informiert worden und sofort losgefahren.

Er war nur noch eine Kurve vom Tatort entfernt. Seit der Entführung waren eine Stunde und achtundfünfzig Minuten vergangen.

Er war außer sich, als er hörte, dass der Überfall wohl bereits vor 8.15 Uhr stattgefunden haben muss.

22

Angelos und Alex stiegen aus, besahen kurz den Tatort. Dann rief Angelos den Premierminister zurück.

„Angelos, das ist ein diplomatischer Alptraum. Der Botschafter springt im Viereck. Der Privatsekretär des Emirs hat einen Anruf Seiner Exzellenz angekündigt!"

„Dann sag dem Emir, dass wir erst zwei Stunden nach der Tat informiert wurden. Weil der verblödete Bodyguard die Botschaft anruft, nicht aber die Polizei. Und auch der feine Herr Botschafter rennt in Athen herum, ruft aber nicht die Polizei. Offensichtlich lässt man in Schardscha Leichen immer erst zwei Stunden liegen, bevor man etwas unternimmt!"

Angelos kochte.

„Dinge, die man nicht mehr ändern kann, du weißt schon!", antwortete Migiakis.

„Bitte sag doch dem Emir diesen Satz", knurrte Angelos. „Zwei Stunden! Das bedeutet, dass sie per Schiff die Insel verlassen haben könnten. Anders hätten wir den Hafen und alle Strandabschnitte blockieren können. Es hätte mit einer Straßensperre funktionieren können. Der Emir soll seinen Botschafter köpfen. Aber am Ende sind wieder wir schuld. Typisch Griechen, wird es heißen", schnaubte Angelos.

„Weißt du schon irgendetwas?"

„Nein. Zehn Meter vor dem Tatort hast du angerufen. Ich kann dir nicht mal sagen, wie viele
Leichen es sind!"

„Zwei", rief Alex vom Tatort.

„Wenigstens ist die Prinzessin nicht darunter",
sagte Migiakis. „Wir werden mit Sicherheit
kooperieren müssen mit deren Polizei, das ist dir
schon klar?"

„Sicher. Zwei Mann der Scharia-Abteilung. Das
wird eine tolle Ermittlung, mit zwei Scheichs im
Schlepptau!"

„Es blinkt am Telefon. Das ist bestimmt der Emir. Mir
ist jetzt schon schlecht", jammerte Migiakis.

„Ich rufe dich dann gleich an!"

„Und wann bitte sollen wir dann den Tatort unter-
suchen? Und die Spurensicherung machen? Ich
kann nicht dauernd mit dir, dem Innenminister
oder dem Emir telefonieren, Herrgott!"

Der Premier legte auf.

„Arschloch!"

Angelos ging zu Alex und umarmte ihn von hinten.
„Das wird ein Alptraum", sagte er.

„Das ist schon einer. Vor sechs Stunden waren wir
noch im ‚Tropicana‘ mit ihr. Das arme Mädchen.
Und ich bin vollkommen fertig", antwortete Alex.

„Ich auch. Fünf Stunden Schlaf. Zumindest hätte
ich gerne noch geduscht!"

„Ich liebe es, wenn du verschwitzt riechst", sagte
Alex lächelnd. An den Blicken der beiden
Verkehrspolizisten merkten die beiden, dass ihr
Gespräch neben zwei Leichen pietätlos wirkte.

Angelos ging zu einem der Polizisten.

„Ok, Nikos. Wir müssen den gesamten Strand sperren. Ruf deinen Cousin an. Er soll die Abzweigung oben mit einem Bus blockieren.

Gleiches auf der Straße zwischen Elia und hier, ab der Kuppe. Und zwar so, dass auch kein Motorrad durchkommt. Er bekommt es auch bezahlt, weil dass sicher seine erste Frage sein wird!"

Nikos lächelte. „Wird erledigt, Chef!"

Zurück bei Alex sagte Angelos:

„Basics zuerst. Gelegenheit – Mittel – Motiv. Ich denke, Prinzesschen wollte das Cannabis ausschwitzen und war joggen. Hier muss ein Fahrzeug auf sie gewartet haben, denn Überholen geht auf dieser Straße nicht. Sie läuft an dem Wagen vorbei, Türen auf und weg. Die Entführer eröffnen das Feuer auf das Begleitfahrzeug. Die Straße ist blockiert, sie können nur über die Straße nach Elia geflüchtet sein. Hätte sofort jemand angerufen..."

Von Elia ging es nur über steile Serpentinen nach oben zur Hauptstraße.

„Vergiss es. Wir wären niemals rechtzeitig gekommen", wand Alex ein. „Wenn die Entführer beide erschossen haben, wie konnte einer noch telefonieren? Beide haben einen Kopfschuss!"

„Einer hat überlebt, angerufen und sich dann erschossen", stellte Angelos fest.

Alex schaute ihn fragend an.

„Was glaubst du, hätte der Emir mit einem Bodyguard gemacht, der beim Schutz seiner Tochter versagt hat?"

„Das Gleiche, was er mit dem gemacht hätte, der seiner Tochter Drogen verabreicht hat", entgegnete Alex.

Angelos lachte.

„Motiv? Die Brutalität ist schon auffällig. Zwei Tote lassen darauf schließen, dass es keine Anfänger waren. Politische Motive? Gibt es da eine Opposition? Die Antwort des Botschafters kenne ich jetzt schon. Also Geld. Nur: man hätte auch jeden anderen Milliardär hier kidnappen können. Wohnen ja genug hier. Warum dann in Kauf nehmen, dass es durch den Status der Prinzessin zu einer Kriminalfall wird, bei dem mehrere Polizeibehörden und Geheimdienste mitmischen? Viel zu gefährlich im Vergleich zu einer normalen Entführung!"

Alex nickte.

„Es ging gezielt gegen die Prinzessin oder besser: den Emir von Schardscha. Aber warum?"

„Gute Frage. Lass uns anfangen. Nach den Spuren gehen wir den Fluchtweg ab, ob wir irgendetwas finden."

„Du meinst, einen Zettel mit der Aufschrift: ‚Hallo lieber Angelos. Wurde entführt. Beste Grüße'?"

„Idiot", knurrte Angelos.

Vom oberen Straßenende war Geschrei zu hören, Gehupe. Dann kam ein Mann mit hochrotem Gesicht die Straße hinuntergelaufen. Mehrmals kam er ins Straucheln, weil die Straße extrem steil bergab ging.

„WAS FÄLLT IHNEN EIN?", brüllte der Mann.

Es war Katsakis, der Besitzer des „Solymar".

„Den ganzen Strand sperren?? Das ist unerhört!"
Angelos´ Trommelfelle vibrierten und er litt noch
immer unter den Auswirkungen der Partynacht.
„Was Sie meinen, interessiert mich nicht. Das ist ein
Tatort. Die Touristen gehen heute woanders
baden und essen. Basta!"
„Und wer ersetzt mir den Schaden? Die
Gemeinde?"
Angelos ging auf den Mann zu und zischte:
„Wenn Sie nicht augenblicklich verschwinden,
lasse ich morgen von drei Steuerprüfern Ihre
Bücher kontrollieren. Dann kommen die Lebens-
mittelüberwachung und danach die Bauaufsicht.
Und jetzt: Abflug!"
Der Mann wollte antworten, ließ es aber und
stampfte wütend die Straße hinauf.
Alex lachte.
„Ich hätte gute Lust, ihm die Leichen vor den
Restauranteingang zu legen", knurrte Angelos.
„Ok, Alex. Es bleibt uns nicht erspart…!"
„Plastiküberzieher. Und das bei der Hitze!"
„Das ist die geringste Qual, glaube mir", sagte
Angelos.

23

Angelos hatte gerade die Handschuhe übergestreift, als das Handy brummte. Es war Migiakis, der Premierminister.

„Na, wie war es?", fragte Angelos spöttisch.

„Frag nicht so blöd. Vor fünfzig Jahren haben diese Herren noch in die Wüste gekackt, jetzt glauben sie, sie seien die Herrscher der Welt. Als ob wir Befehlsempfänger wären. Eines Staates, der so groß ist wie ein Furz", regte sich Migiakis auf.

„Ein Furz mit viel Geld", entgegnete Angelos.

„Was will er? Oder besser: womit kann er helfen?"

„Es wird dir nicht gefallen: er besteht darauf, dass zwei Beamte seines Geheimdienstes mit einbezogen werden. Es kommt noch schlimmer: er will, dass ein Entführungsexperte vom FBI dazukommt!" Migiakis hielt das Handy weg von seinem Ohr, weil er schon wusste, was folgte.

„EIN AMI? Was zum Teufel wollen die AMIS hier? Emiratis? Bitte. Verstehe ich. Aber Amerikaner?"

„Angelos. Es ist ein Entführungsexperte. Wie viele Entführungen hast du schon mitgemacht?"

„Immerhin eine", knurrte Angelos.

„Aber ich habe darauf bestanden, dass die Oberleitung bei dir liegt. Wir sind noch immer in Griechenland. Der Emir hat akzeptiert."

„Wann kommen all diese Idioten?"

„Die Emiratis sind schon unterwegs, was glaubst du denn? Mit dem Learjet des Emirs. Und der FBI-Mann ist zufälligerweise in London!"

Was bedeutete, dass am Abend alle Beteiligten in unserer Küche sitzen, dachte Angelos.

„Noch eins, Antonis. Ich brauche von dir einiges. Zwanzig Mann zu meiner Verfügung. Ich muss Dutzende von möglichen Verstecken überprüfen. Und dann noch zwei Patrouillenboote, für den Fall, dass die Prinzessin sich auf einem Boot befindet oder sie dorthin gebracht werden sollte. Und keine Schengen-Flüge mehr von Mykonos, Samos und Santorini. Wir brauchen überall Passkontrollen und zwar gründliche."

„Muss das sein? Dazu muss ich Brüssel um Erlaubnis bitten und dazu habe ich keine Lust!"

„Und ich habe keine Lust auf Kollegenbesuch aus Schardscha und Washington. Also. Ich tue was ich kann. Und du hältst mir den Rücken frei. Verstanden, Antonis?"

„Ja. Nur eines kann ich dir nicht versprechen: dass der Emir nicht persönlich erscheint. Es geht um seine Tochter!"

„.. die ihm bisher ziemlich egal war, so wie sie mir erzählt hat", antwortete Angelos.

„Seit wann führst du persönliche Gespräche mit Frauen?", fragte Migiakis spitz.

„Mit Verlaub, Herr Premierminister. Du bist ein Volldepp!"

Migiakis lachte.

„Noch eines: glaub nicht, dass wir das unter der Decke halten können. Die Geschichte wird öffentlich werden, sobald auch nur ein Polizeiauto mehr auf der Insel zu sehen ist."

„Der Emir besteht auf einer Nachrichtensperre!", sagte Migiakis.

Angelos lachte.

„Dann buchstabiere ihm doch das Wort ‚Pressefreiheit'. Ist bestimmt was Neues für ihn. Außerdem werden wir die Öffentlichkeit brauchen! Zumindest ab einem bestimmten Zeitpunkt!"

24

Zwei Stunden zuvor

Safiye lag auf dem Boden des Transporters und war benommen. Zudem war der Lärm infernalisch. Das Heulen des Motors. Und dann die permanenten Erschütterungen immer dann, wenn sie in das nächste Schlagloch rasten. Sie hatte noch immer nicht ganz realisiert, was passiert war. Noch wenige Minuten zuvor war sie noch voller Glücksgefühle. Der Abend war vielleicht der schönste ihres Lebens gewesen. Freiheit. Zum ersten Mal in ihrem Leben hatte sich Safiye frei gefühlt. Ohne Beobachtung einfach das tun, was andere Mädchen und Frauen auch tun. Und

das in einer Begleitung, die mehr als nur ange-
nehm war. Safiye hatte Angelos und Alex ins Herz
geschlossen. Witzig und nett und: nicht an ihr
interessiert. Die Freundlichkeit war echt und nicht
Mittel zum Zweck.

Sie hoffte, dass die beiden gemerkt hatten, dass
auch ihre Zuneigung echt war. Dann würden sie
nicht nur nach einem Entführungsopfer, sondern
auch nach einer Freundin suchen.

Helft mir!

Dann der nächste Gedanke: wer sind die Männer
und was wollen sie? Kurzzeitig dachte Safiye, dass
vielleicht ihr eigener Vater … Nein, so weit würde
er nicht gehen. Mit Politik kannte sie sich nicht aus.
Gibt es politische Gegner, die mich als Druckmittel
benutzen wollen? Kaum vorstellbar. Schardscha
war ein Land mit glücklicher Bevölkerung. Anderes
hatte Safiye weder gehört noch gesehen.

Vielleicht stecken die Kataris dahinter? Sie und
der Emir waren oder sind sich spinnefeind.
Spätestens seit der Schließung der Grenzen. Aber
ein arabisches Königshaus, das ein Mitglied einer
anderen arabischen Herrscherfamilie entführen
lässt? Nein, das war undenkbar. Safiye betete zu
Allah und sprach sie in Gedanken zu Angelos und
Alex.

Plötzlich spürte sie, wie ihr ein feuchter Schwamm
auf das Gesicht gedrückt wurde. Über ihr ein
Mann mit einer Maske. Sekunden später
dämmerte die Prinzessin weg.

Clarke steuerte den Wagen. Er ließ den Wagen in jeder Steilkurve driften, um dann sofort wieder Gas zu geben. Die dumme Nuss hätte auch nach Lia joggen können. Diese Straße ist gerade und eben. Aber Paschtune 3 hatte durchgegeben, dass sie von den Villen aus gesehen nach rechts abgebogen war. Es konnte nur nach Kalo Livadi gehen. Sonst hätte Clarke samt Paschtune das Pannenszenario in die östlichere Bucht verlagert. Beide Orte hatte Clarke besichtigt und gecheckt.
Immer einen Plan B im Köcher haben. Das war sein Motto.
Zum Glück hatte der Wagen genug Power. Auch darauf hatte er geachtet. Die Straße vom Elia Beach hoch in Richtung Ano Mera war ein Alptraum. Eine 180-Grad-Kurve nach der anderen. Clarke atmete durch, als sie oben auf dem Plateau ankamen und raste die enge Straße weiter.
Die Kapuzen hatten sie schon auf Höhe des Beaches abgenommen. Die Perücken und der Bart blieben.
Er fuhr auf einen neuralgischen Punkt zu. Die Kreuzung der Straßen nach Kalafati, Elia und Ano Mera. Aber dort konnte noch keine Polizei sein. Der Kommissar wohnt am anderen Ende der Insel in Ornos.
Erwartungsgemäß war die Kreuzung frei und es war auch kein Auto zu sehen. Um 8.15 Uhr sind weder Touristen noch Griechen unterwegs. Zudem war der Osten der Insel kein Hot Spot. Zu

weit ab vom Schuss – hieß: zu weit weg von der Chora, Mykonos-Stadt.

Clarke bog nach links ab und fuhr Richtung Ano Mera, um dann gemächlich links in eine Tankstelle zu fahren. Eine ehemalige Tankstelle und Reparatur-Werkstatte. Der Wagen hielt vor einer großen Hallentüre.

Clarke stieg gemächlich aus, um nicht aufzufallen. Er fuhr den Wagen in die Halle und schloss das Tor.

„Und jetzt Tempo, aber ohne Krawall!"

In der Halle stand ein zweites Fahrzeug. Die beiden Paschtunen trugen die bewusstlose Prinzessin zu dem PKW und öffneten den Kofferraum. Sie legten Safiye hinein und schlossen den Deckel. Am Tag zuvor hatten sie zwei Atemlöcher in die Karosserie gebohrt.

Einer der Paschtunen öffnete wieder das Tor und Clarke fuhr das Auto wieder hinaus.

Es dauerte keine 90 Sekunden, bis die Entführer das Fahrzeug gewechselt hatten und zu ihrem Versteck unterwegs waren.

Zur gleichen Zeit schliefen Angelos und Alex noch. Und der Botschafter in Athen wusste auch noch nichts.

Nur die Telefonistin.

25

Lassen wir das. Bringt eh nichts", sagte Angelos und zog die Handschuhe aus. Er rief die Polizisten zu sich.

„Ruft noch zwei Kollegen. Die sollen hier solange stehen, bis der Krankenwagen die Leichen abtransportiert hat. Danach heben wir die Sperren auf!"

„Es sind nur noch zwei auf der Station. Es wäre dann niemand mehr da", antwortete einer der Polizisten.

„Als ob ich das nicht wüsste", knurrte Angelos. Seit Maria, die Leiterin der Dienststelle, auf Lehrgang gegangen war, gab es nur noch vier Polizisten und die zwei Kommissare.

„Hoffentlich kommt jetzt keiner auf die Idee, ein Geschäft oder eine Bank zu überfallen", sagte Alex zu Angelos.

„Wir gehen jetzt mal den Fluchtweg ab. Nimmst du bitte das Lasermessgerät mit?"

„Ich verstehe zwar nicht, warum, aber bitte", antwortete Alex.

Die Straße zum Strand verlief früher zwischen Strand und Restaurant. Der Besitzer hatte sich jahrelang darüber beschwert, dass die Gäste vom Strand nicht direkt zu seinem Restaurant gehen konnten.

„Verstehe ich. Man könnte die Straße hinter das ‚Solymar' legen. Aber davon hätte nur einer einen Vorteil und das wären Sie. Die Allgemeinheit hat davon nichts. Sie müssen die Verlegung selbst bezahlen. Die Genehmigung bekommen Sie von mir innerhalb eines Tages", sagte Angelos vor einem Jahr. Drei Monate später war die neue Straße fertig. Aus der alten wurde ein Kakteen-garten.

„Schön gemacht", stellte Alex fest.

„Auf jeden Fall. Und die Gemeinde musste nichts bezahlen. Er war aber doch zu geizig, den Park-platz betonieren oder asphaltieren zu lassen. Gott sei Dank. Dann finden wir vielleicht noch Spuren. Gefahren ist hier seit der Sperrung nie-mand mehr. Vorher wahrscheinlich auch nicht. Viel zu früh für Touristen oder Lieferfahrzeuge!"

Der Parkplatz bestand aus Geröll und Staub. Typisch dachte Alex. Strand und Restaurant – dafür geben die Herren Besitzer Geld aus. Wie die Umgebung aussieht, interessiert sie nicht. So war es leider an allen Stränden.

Vor zwei Monaten hatte Angelos auf eine der gefürchteten Versammlungen des Hotelverban-des angekündigt, dass die Gemeinde sämtliche Pachtverträge kündigen wird, wenn nicht innerhalb von sechs Monaten Pläne eingereicht werden, die eine optisch ansprechende Gestal-tung vorsehen. Die Reaktion der Herren – Frauen gab es keine – war vorhersehbar. Von ‚Erpressung' bis hin zu ‚Diktatur' reichte die Bandbreite der Kommentare. Heute war Angelos jedoch froh, dass der Parkplatz und die daran anschließende Straße in die Nachbarbucht noch nicht verändert worden waren. Der Staub war so fein, dass man Auto und Fußspuren deutlich erkennen konnte.

Angelos deutete auf Reifenspuren.

„Das ist die Spur des Fluchtfahrzeuges!"

„Schön. Was hilft uns das?"

„Gib mir den Lasermesser", sagte Angelos. Es dauerte, bis er murmelte „205" und dann zu seinem Handy griff.

„Giorgios? Du bist ab sofort Polizist!"

Angelos´ Mädchen für alles im Rathaus begriff schnell und stellte wenig Fragen. Und Giorgios war hocherfreut über die zeitweilige Abordnung, denn er wollte schon länger zur Polizei wechseln, auch wenn alle – Verwaltung und Polizei – in einem Gebäude untergebracht sind.

„Giorgios, du musst im Netz die Spurbreite von Kleintransportern checken, Hersteller oder besser Mietwagenfirmen. Dort stehen meist technische Daten."

„Aber da gibt es Hunderte", protestierte Giorgios.

„Ach Quatsch. Die meisten Hersteller haben ein oder zwei Kleintransporter. In verschiedenen Längen, aber die Spurbreite ist die gleiche. Ich brauche den Transporter mit Spurbreite 205 cm. Wenn du ihn hast, Autovermieter abklappern. Bei einem Treffer fährst du persönlich hin und lässt dir von allem Kopien geben. Und du musst unbedingt mit dem Mitarbeiter sprechen, der den Wagen vermietet hat. Aussehen des Kunden, vor allem Merkmale, die man nicht verändern kann.

Narben, Tattoos. Wenn du etwas hast, ruf an. Alex und ich fahren jetzt nach Ornos, um die Kameras zu checken!"

„Alles klar, Chef!"

Als Angelos das Gespräch beendet hatte, sagte Alex:

„Und wenn sie das Fahrzeug mitgebracht haben?"

„Glaube ich nicht. Sie wären auf allen Kameras im Hafen zu sehen. Sicher bin ich mir natürlich nicht. Aber hast du einen anderen Ansatz?"

„Nein. Woher wussten die Entführer, dass Safiye joggen will? Und wie kamen sie so schnell an den Tatort?"

„Deswegen sagte ich, dass wir nach Ornos fahren, um die Kameras zu checken. Sie mussten einen Mann vor Ort haben. Und das Entführungs-fahrzeug muss in der Nähe gestanden haben, denn sie wussten nicht, ob die Prinzessin nach links oder rechts läuft. Heißt, wenn Safiye um kurz nach 8 losgelaufen ist, muss vorher ein Mann längere Zeit vor den Villas gestanden haben – und er müsste auf den Kameras am Strand oder der Straße zu sehen sein", sagte Angelos.

„Deine Kameraorgie hat doch ihre Vorzüge", antwortete Alex, der Angelos´ Entschluss, die ganze Insel mit Kameras zuzupflastern, zunächst übertrieben fand.

„Unsere Arbeit erleichtert es ungemein. Und die Touristen fühlen sich sicherer", argumentierte Angelos damals. Und tatsächlich sank in den folgenden Monaten die Anzahl der

Kleindiebstähle in der Altstadt um 80 Prozent.
Denn bei schneller Überprüfung der Bilder war
immer noch genügend Zeit, den Täter am Hafen
oder Airport zu ergreifen. Diebe aus Mykonos
selbst gab es keine. Sie wären sofort identifizierbar.
Also waren es immer Auswärtige. Die aber
konnten von einer Insel nicht flüchten.
„Dann hätten wir noch die Flucht. Nach dem
Erreichen des Plateaus gibt es fünf Möglichkeiten
abzubiegen und da sind keine Kameras. Sind sie
aber auf der Hauptstraße geblieben, dann
müssten sie ab 8.20 Uhr auf den Kameras an der
Kreuzung bei Ano Mera zu sehen sein."
„Also nach Hause in die Überwachungszentrale",
sagte Alex grinsend.
„In unsere Küche", korrigierte Angelos.

Auf dem Weg zu ihrem Auto brummte Angelos´
Handy. Giorgios.
„Chef? Es muss ein Peugeot Boxer gewesen sein.
Nur der hat Breite 205. Und nur eine Firma hat den
im Angebot. Alamo. Ich fahre sofort hin!"
„Respekt. Super Arbeit. Bitte frag, ob sie Kameras
in ihren Räumen haben!"
Angelos war erleichtert. Sie hatten einen Faden.
Immerhin.
Nein. Es war ein Fädchen.

26

Die Küche im Hause Nikakis war auch eine Küche, zumindest die eine Hälfte. Die andere Hälfte bestand aus Monitoren, einem Sideboard mit Notebooks und einem Multiboard. Die beiden Kommissare verfügten über die Ausrüstung einer Polizeistation, nein, besser. So konnten sie viel schneller auf Daten zugreifen, als wenn der Zugang im Rathaus läge. Mitten in der Stadt, ohne Parkmöglichkeit. Und selbst wenn Angelos nicht mehr Bürgermeister wäre, Kommissar bliebe er.

Sie saßen am Küchentisch.

„Ich bin immer noch ganz fertig. Hätten die nicht einen Tag warten können?", beschwerte sich Alex. Angelos hingegen spürte den Kick des Adrenalins.

„Los, jetzt zuerst die Kamerabilder von heute Morgen vor den Villas."

Zu sehen war eine Person, die um 07.30 Uhr auf der Straße stand, an der Mauer zum Strand. Doch der Mann hatte keinen Kopf. An dessen Stelle war ein weißer Fleck.

„Was zum Teufel …", fing Alex an.

Auch die folgenden Bilder zeigten nichts. Aber man sah, dass der Mann um 8.03 Uhr telefonierte Und dann verschwand. Zuvor hatte die Prinzessin die Villa verlassen. Sie war deutlich zu erkennen. Angelos stöhnte auf.

„Die Alpha-Bank in Piräus", sagte er enttäuscht.
„Was meinst du?"
„Vor einem Jahr. Ein Banküberfall in Piräus. Und auf den Kamerabildern waren nur weiße Flecken. Als die Räuber eine Woche später gefasst wurden, fand man in der Wohnung T-Shirts, bei denen im Halsbund LED-Lichter eingenäht waren. Mit dem Auge nicht zu sehen, Aber die Kameras reagierten auf die Lichter mit Blendeffekten. Das Resultat: diese weißen Flecken. Nur die ganz neue Generation von Kameras kommt damit zurecht, nicht aber ältere Modelle!"
„Und die auf unserer Insel sind alle ältere?"
„Ja. Die vor mir sowieso. Und als ich die neuen anschaffen ließ, hatten die ein Baujahr 2016. Zwei Jahre vor Piräus. Die neuen hätten wir uns auch gar nicht leisten können. Nicht in der Stückzahl."
„Es war kein Vorwurf, Großer", beschwichtigte Alex.
„Dann liefern auch die Kameras von der Kreuzung nur weiße Flecken statt Köpfe", stöhnte Angelos.
„Aber wir wüssten zumindest, dass das Versteck nicht links des Plateaus liegen kann, sonst wären sie abgebogen. Also schauen wir uns die Kreuzung an!"
Und tatsächlich. Das Display zeigte 08.16 Uhr: Kreuzung Elia/Kalafati/Ano Mera.
Ein Peugeot Boxer, der links Richtung Ano Mera abbog. Mit weißen Köpfen.
„Na ja. Das bedeutet, sie können überall hingefahren sein, außer: Kalafati, Elia und alles auf dem Plateau links. Bleiben 90% der Insel übrig."

Angelos sah nicht erfreut aus. Aber das änderte sich innerhalb einer Minute.

Giorgios.

„Ich komme gerade von Alamo. Vor drei Tagen, nachmittags um 15.32 Uhr. Ein Peugeot Boxer. Der Mieter hat bar bezahlt, ohne Rückgabetermin. Der Name ist David Allister, Engländer."

„Bestimmt ein falscher Name. Aber dennoch: gut gemacht, Giorgios. Bekommt der Emir seine Tochter zurück, wird er jeden belohnen, der dazu beigetragen hat. Und ich werde dich nicht vergessen!"

„Deswegen mache ich es aber nicht!" Giorgios schien sogar ein wenig beleidigt.

„Das weiß ich doch. Leider geht die Polizeiarbeit weiter. Wir müssen die Sitzung mit den Emiratis und dem FBI-Depp vorbereiten. Deswegen musst du noch Folgendes machen: Um 15.32 Uhr bei Alamo. Dann kann er nur mit Condor aus München oder mit BA aus London gekommen sein. Passagierlisten, Giorgios!"

„Ach, Chef, ich habe noch etwas vergessen: ich habe ein Bild des Mannes. Alamo hat eine Kamera im Innenraum!"

Angelos war sprachlos. Er hat mit Sicherheit einen anderen Namen und war verkleidet, aber jetzt war es eindeutig ein Faden, dachte er.

Eher mehr.

27

Es war keine Zeit zum Nachdenken. Das Handy brummte. Der Premier.

„Dauerleitung nach Athen?", frotzelte Alex.

„Was gibt´s denn noch?", knurrte Angelos.

„Wisst ihr schon irgendetwas? Ein Fetzen Information? Der Emir ruft in einer Stunde wieder an!"

„Sag ihm, wenn er nicht aufhört zu nerven, drehe ich seiner Tochter persönlich den Hals um – natürlich nach der Befreiung."

„Sehr witzig. Ich versuche doch nur, Druck von euch zu nehmen!"

„Du willst Infos? Also schreib auf: Entführerfahrzeug identifiziert. Ein Peugeot Boxer, gemietet. Der Name des Bosses ist David Allister, gelandet vor drei Tagen. Wir haben sogar ein Foto von ihm", sagte Angelos.

„Gott sei Dank. Dann habe ich gegenüber dem Emir etwas vorzuweisen. Er wird sehen, dass wir schnell und effizient arbeiten. Ist ja gerade einen halben Tag her. Gute Arbeit, Angelos!"

„Teamarbeit. Das Problem ist nur: der Name ist natürlich falsch und bei dem Bild haben wir keinerlei Treffer. Das Gesicht ist nicht in der Datenbank, weder bei Interpol, noch bei Europol. Vielleicht kann der Herr vom FBI ja seine Klientel durchforsten. Aber über den Aufenthaltsort der Prinzessin habe ich noch keine Vermutung. Noch eines: die ganze Sache kommt in den nächsten zwei Tagen automatisch an die Öffentlichkeit.

Wenn es nicht die Entführer selbst tun. Aber du und der Emir, ihr müsst noch 48 Stunden warten. Zwanzig TV-Teams, die dann auf eigene Faust ermitteln oder gar suchen, machen die Arbeit nicht leichter!"

„Hat der Herr Bürgermeister nicht schon einmal den Hafen und Airport schließen lassen?", fragte Migiakis spitz zurück.

„Ja. Um dir Gauner das Handwerk zu legen. Aber das waren ein paar Stunden. Aufzuhalten ist die Meute nicht!"

„Wer von uns der größere Gauner ist, sei dahingestellt!"

Angelos lachte.

„Ok. Wir sind beide Gauner. Aber ich habe edle Motive!"

Migiakis lachte laut.

„Bescheiden wie immer. Ach ja, es kommt noch einer von unserem Geheimdienst hinzu!"

„BITTE?"

„Blutdruck runter, Angelos. Ich habe Kyriakos gesagt, er soll deinen Freund schicken."

„Nikos? Das ist ok. Der könnte wirklich eine Hilfe sein!"

„Siehst du? Erst zuhören, dann schreien. Und jetzt an die Arbeit!"

28

Aber das Gespräch über die Vertraulichkeit der Vorgänge war dreißig Minuten später obsolet.

Auf Instagram erschien ein Post mit einem Bild, welches das zerschossene Fahrzeug zeigte und die beiden Leichen. Der Standort musste eindeutig einer der Villen am Hang von Kalo Livadi gewesen sein.

Es war der Account von „kaloqueen". Und da eine der „Villas"-Reinigungskräfte sich verplaudert hatte, machte sich die Nachricht breit, dass die Prinzessin verschwunden sein musste. Zwar wurden sämtliche House-Keeping-Kräfte entlassen, aber da war es schon zu spät. Über die Putzfrau in einer der Vilen oben am Hang wurden die News gestreut und eine der gelangweilten Damen im Reichenviertel kombinierte wohl – richtigerweise -, dass beides zusammenhing.

Und genau dies schrieb „kaloqueen" auch in ihrem Post.

„Sie hat es gesehen und weder Polizei noch Krankenwagen gerufen. Was stimmt denn bei denen nicht? Ich schwöre dir, ich finde diese Tussi", schimpfte Angelos.

„Und dann? Die Geldstrafe zahlt die aus der Portokasse ihres Mannes", sagte Alex.

„Mach dir keine Sorgen. Ich erwische sie mit irgendeinem Trick an einem Punkt, der sie trifft!"

„Ah. Zum Beispiel beim Friseur. Statt Shampoo Klo-reiniger?", erwiderte Alex.

„Mein Liebster. Das ist eine hervorragende Idee. Merk ich mir!"

„Wie lange glaubst du dauert es bis zu Breaking News bei CNN?"

„Wohl eher bei Al-Jazeera. 30 Minuten?", knurrte Angelos.

Es waren 38 Minuten.

Zehn Minuten später rief Giorgios an.

„Chef. Hier rufen dauernd Journalisten an und die wollen …"

„Ich weiß, was sie wollen. Zieht einfach die Stecker raus und geht nach Hause. Wir sagen erstmal nichts. Wozu haben wir eine Regierung?", fragte Angelos und grinste.

„Und wenn Migiakis anruft?", fragte Alex.

„Dann bin ich Prinzessin suchen!"

Angelos sah sich in der Küche um.

„Passen da alle von unserem Kaffeekränzchen rein?"

„Ich weiß, ich bin jetzt wieder der Spießer, aber sei halbwegs nett zu den Emiratis und dem Ami. Wir werden sie brauchen. Und du willst auch keine stündlichen Anrufe von Migiakis!"

Angelos schaute entrüstet.

„Ich bin IMMER nett" – und musste selbst lachen.

„Also wir zwei. Zwei Emiratis, ein Ami und Nikos. Macht sechs. Also noch zwei Stühle. Sonst noch was?"

„Nein. Großer, ich würde Giorgios noch hinzu-
ziehen. Er war uns schon eine große Hilfe!"
„Du hast recht. Also sieben!"

29

Safiye blickte sich um. Vor einer Minute durfte
sie die Kapuze abnehmen. Nach der Betäu-
bung hatte man ihr die blickdichte Mütze
übergestülpt.
Sie saß auf einer alten Matratze voller Flecken und
lehnte sich an die vergilbte Wand.
Sie versuchte, ihre Gedanken zu sortieren. Ihr
ganzer Körper schmerzte. Hatte man sie geschlagen? Oder kamen die blauen Flecke von der
rasanten Fahrt, bei der sie mehrmals mit dem Kopf
auf dem Boden aufschlug?
In der Ecke standen zwei Eimer. Einer für die Not-
durft, in dem anderen befand sich brackiges
Wasser.
Erst jetzt fiel ihr auf, dass der Raum kein Fenster
hatte. Nur in einer Ecke befand sich eine kleine
vergitterte Öffnung, viel zu klein, um hindurch-
zukommen.
Stand sie bisher unter Adrenalin, machte sich nun
Erschöpfung breit. Der Abend zuvor. War es
wirklich erst gestern? Sie war so glücklich
gewesen.

Mit der Erschöpfung kam die Verzweiflung.

Warum bin ich hier? Für wie lange?

Es klopfte drei Mal an der Tür. Das Zeichen für sie, die Kapuze aufzusetzen. Sollte sie es nur einmal vergessen, wäre es ihr Ende, hatte man ihr deutlich erklärt.

Sie hörte Schritte. Plötzlich traf sie ein furchtbarer Schlag ins Gesicht. Sie war vollkommen benommen, als sie bemerkte, dass jemand nach ihr griff und sie umdrehte.

Sie spürte den Atem eines Mannes, der ihr die Leggins nach unten zog.

„Königliche Hoheit verliert jetzt beide Jungfernhäutchen", sagte die Stimme spöttisch.

Wieso zwei, dachte Safiye.

Drei Sekunden später wusste sie es.

Und schrie.

30

Ornos

Das „Kaffeekränzchen", wie es Angelos nannte, hatte sich im Kommandostand Küche versammelt. Die Begrüßung der beiden Emiratis verlief förmlich, Tom Wolfe, der Amerikaner, war groß gewachsen, mit Bürstenschnitt. Ehemaliger Marine und/oder Söldner, dachte Alex. Herzlich hingegen die Begegnung mit Nikos vom Geheimdienst. Sie kannten sich von einem Einsatz des EYP vor fünfzehn Monaten. Damals hatte Nikos einiges an Equipment „vergessen" und Zugänge zu Interpol und – eingeschränkt – zu den Datenbänken des Geheimdienstes gelegt.

Da Nikos hetero war, empfand ihn Alex nicht als Konkurrenz.

„Meine Herren, fangen wir an. Safiye wurde …" Weiter kam Angelos nicht.

„Es heißt ‚Königliche Hoheit'", warf einer der Emiratis ein.

„Zu Ihrer Kenntnisnahme: Die Prinzessin ist mit uns per du. Sie können sie hinterher gerne fragen!" Das fängt ja gut an, dachte Angelos.

Er gab einen kurzen Abriss des Geschehens.

„Das Fahrzeug ist identifiziert, aber noch nicht gefunden. Der schraffierte Bereich zeigt, wo das Versteck nicht liegen kann, weil sie sonst auf der Flucht abgebogen wären!"

„Da bleibt eine Menge übrig", wand Wolfe ein. Schlaumeier.

„Wir durchkämmen alle möglichen Verstecke und aus dem Hafen kommt nichts raus und rund um die Insel patrouilliert die Marine. Allerdings kann es sein, dass sie die Insel schon verlassen haben, denn der Botschafter hielt es ja nicht für nötig, die Polizei zu verständigen!"

Der ältere Emirati protestierte.

„Seine Exzellenz, der Botschafter, steht außerhalb jeder Kritik, schließlich ist er …"

„Ich vermute, der Schwippschwager des Emirs. Schon klar", knurrte Angelos.

„Können die Herren aus Schardscha uns vielleicht mit einem Motiv dienen? Familiäre Streitigkeiten? Politische Opposition?", fragte Angelos.

Beide Emiratis bekamen Schnappatmung.

„Die königliche Familie ist ein Vorbild für uns alle. Und das Volk ist glücklich. Politische Opposition gibt es nicht. Warum auch?", sagte der jüngere Emirati.

„Ah. Schardscha heißt übersetzt also ‚Paradies'!", knurrte Angelos.

„Schluss mit dem Gelaber für die königliche Presse. Dies ist eine polizeiliche Ermittlung. Entweder Sie leisten einen substanziellen Beitrag, oder halten die Klappe", ging der Amerikaner lautstark dazwischen.

„Machen Sie doch bitte weiter, Herr Nikakis!"

„Danke. Wir haben von der Autovermietung ein Foto desjenigen, der den Peugeot Boxer angemietet hat."

Den Mann kenne ich, dachte Tom Wolfe.
„Allerdings ohne Treffer bei der Gesichts-
erkennung. Vielleicht könnten Sie, Mr. Wolfe, Ihre
Datenbanken checken!"
„Verstanden!"
Kommandoton. Der Mann hat Erfahrung, dachte
Angelos.
„Wann denken Sie, werden sich die Entführer
melden?", fragte Angelos den Experten.
„Nicht vor morgen Abend. Die Herren müssen sich
erholen und ihre Kräfte sammeln!"
So wie wir, dachte Angelos und spürte bleierne
Müdigkeit.
„Dann heißt es also: warten. Ich schlage vor, auch
wir sammeln unsere Kräfte. Nikos, du schläfst bei
uns. Die anderen haben ja Hotelzimmer."
„Wie? Sie wollen jetzt ins Bett und nicht die
Prinzessin suchen?", empörte sich Emirati jung.
„Sie können gerne die ganze Nacht suchen. Hier
haben Sie zwei Inselpläne. Guten Abend, die
Herren! Morgen 1000".
Wolfe lachte laut auf.
Der Junge schlägt gleich Pflöcke ein, dachte er.

31

Es sollte nicht bis zum Abend dauern, bis sich die Entführer melden.

Am nächsten Morgen war Giorgios kurz vor dem Platzen. Nachdem die Meldung über die entführte Prinzessin aus dem Sack war, konnte er den Medienvertretern wenigstens sagen, der Kommissar gäbe um 12 Uhr eine Erklärung ab. Dafür fing nun der nächste Telefonterror an. Jeder Idiot zwischen Saloniki und Heraklion rief nun im Rathaus von Mykonos an. Trittbrettfahrer und Idioten.

„Sie haben also die Prinzessin entführt? Wie heißt sie denn?"

„Aischa!"

„Aha. Danke. Auf Wiederhören!"

Der Nächste.

„Sie haben also die Prinzessin entführt?"

„Ja. Und ich verlange 10 Millionen Euro. Meine Bankdaten sind … wo ist denn nur diese blöde IBAN?"

Noch einer, dachte Giorgios.

„Sie haben also die Prinzessin entführt?"

„Ja. Wir haben Safiye in einem Peugeot Boxer entführt. Begriffen? Geben Sie mir die Nummer des Verhandlungsführers!"

Giorgios gab dem Entführer die Nummer von Angelos und Alex. Das Gespräch hatte keine dreißig Sekunden gedauert.

Er hatte gerade aufgelegt, als der nächste Anruf kam.

„Giorgios? Hier ist Masouras, Ano Mera. Ich war dein Lehrer!"

Natürlich. Und so alt, dass seine Tätigkeit mit „vor dem Haus sitzen" am besten beschrieben war.

„Klar weiß ich das noch. Du, ich ersticke in Arbeit!"

„Weiß ich doch. Deswegen rufe ich ja an. Mir ist etwas aufgefallen. Ich wohne an der Kreuzung nach Kalafati!"

„Weiter, Masouras!"

„Die Jugend. Immer eilig. Jedenfalls saß ich gestern früh vor meinem Haus. Gegenüber sind die alte Texaco-Tankstelle und Yannis´ Werkstatt. Seit Jahren war dort niemand und ich müsste es wissen!"

Bestimmt. Du siehst mehr als eine Kamera, dachte Giorgios.

„Jedenfalls ist kurz nach acht so ein größeres Auto vor die Halle gefahren. Ein Mann ist ausgestiegen, hat die Türen geöffnet und ist dann reingefahren."

Giorgios wusste, dass er nicht nach dem Wagentyp fragen brauchte. Masouras hatte nie ein Auto besessen.

„Farbe?", versuchte es Giorgios.

„Weiß mir irgendwas blauem darauf."

Alamo. Treffer.

„Jedenfalls habe ich mir die Nummer gemerkt, bin nach innen und habe sie notiert. Sie lautet …"

Es war der gesuchte Boxer.

„Und dann? Ist er wieder rausgefahren?"

„Nein. Und ich bin die nächsten drei Stunden draußen gesessen!"

„Danke, Masouras. Das war wichtig!"

Dafür verzeihe ich dir sogar die drei „Jedenfalls", dachte Giorgios.

Er rief sofort Angelos an und erzählte ihm von dem Anruf.

Und dass die Entführer seine Nummer haben.

32

Safiye saß zusammengekauert im Eck ihres Gefängnisses. Sie schluchzte. Der ganze Körper tat ihr weh.

Und sie blutete. An den Oberschenkeln: Blut. Und am Anus. Sie hatte keine Uhr, aber der Paschtune hatte sie eine Stunde malträtiert. Mit Genehmigung Clarkes.

Es gab aber mindestens noch einen Paschtunen hier im Versteck. Nein, ein weiteres Mal würde sie nicht überstehen. Sie sah sich um, aber da war nichts, was man als Waffe benutzen könnte.

Safiye bedeutet „die Reine". Davon aber konnte keine Rede mehr sein.

Aber es war nicht ihre erste Vergewaltigung.

Als sie 14 Jahre alt war, hatte sie ihr eigener Onkel missbraucht. Der Bruder ihres Vaters. Er hatte ihr nicht ins Gesicht geschlagen, damit man es nicht sehen konnte. Es geschah im Palast.

Aber wem hätte sie es sagen können? Ihrem Vater? Sein erster Gedanke wäre gewesen, dass sie nun nicht mehr verheiratbar war. Und ganz sicher hätte er sie, das Opfer, geschlagen, denn Schuld ist immer die Frau. Sie sei dem Mann in aufreizender Form entgegengetreten, unzüchtig gekleidet und dann wäre das „Vergehen" des Mannes entschuldbar.

So geschieht es Tausenden von Frauen in praktisch allen arabischen Ländern. Frauenrechte wie im Mittelalter, aber 5G-Netze im letzten Wüstenzipfel.

Gerne hätte sie sich ihrem Bruder anvertraut. Khalid. Aber er hätte den Onkel umgebracht. Ihm die Geschlechtsteile abgeschnitten. Dann aber wäre er als Kronprinz untragbar gewesen. Außerdem hätte er eine Fehde mit der Familie des Onkels vom Zaun gebrochen.

Nein. Ich muss ihn beschützen, dachte Safiye.

Nun war es zum zweiten Mal passiert. Und es war viel schlimmer gewesen. Sie wusste bis dato nicht, dass es Rektalsex gab – und dass es so schmerzhaft war.

Khalid. Hilf mir!

Angelos und Alex. Helft mir.

Vielleicht hätte es ihr geholfen, hätte sie gewusst, dass auch Angelos vergewaltigt worden war.

Es klopfte drei Mal. Wieder musste sie die Kapuze aufsetzen.

Sie zitterte am ganzen Leib.

Bitte nicht noch einmal.

33

In Ornos herrschte Aufregung. Mehrere Nachrichten gleichzeitig sorgen bei Gruppen immer für Diskussionen und mitunter Chaos. Außer es gibt jemanden, der die Nachrichten sortiert und Entscheidungen fällt.

„Ruhe! Zusammenfassung: die Entführer haben unsere Telefonnummer. Ich denke aber nicht, dass sie sich vor heute Abend melden. Wolfe hat uns ja erklärt, dass die Anrufe meist abends kommen, weil die Reaktionsmöglichkeiten durch die Dunkelheit begrenzt sind. Ein Anrufer aus einer Telefonzelle ist in der Nacht binnen Sekunden verschwunden. Aber, Wolfe, wir haben leider ein Problem: es gibt keine Telefonzellen auf Mykonos!"

Was nicht ganz stimmte. Es gab drei, im Zentrum direkt neben der Post.

„Eine Ortung wird uns nur zum Sendemast führen, mehr nicht. Ein Rückschritt gegenüber früher, als man Zellen oder Festnetzanschlüsse tracken konnte. Der Handyfunkmast bringt uns gar nichts, denn im Zentrum laufen teilweise dreihundert Telefonate gleichzeitig über einen Mast.

Nebenbei werden die Entführer nicht so blöd sein, in der Nähe ihres Verstecks zu telefonieren. Also konzentrieren wir uns darauf, WAS sie sagen. Achtet auf sprachliche Besonderheiten, also den Akzent und besonders auf Geräusche aus dem Hintergrund. Bis dahin kümmern wir uns um diese Tankstelle in Ano Mera!"

Statt der angeforderten zwanzig Mann hatte Angelos nur zwölf bekommen. Allerdings waren darunter acht Mann der OPKE, der Spezialeinheit des Innenministeriums.

„Natürlich gibt es keine Baupläne", stellte Angelos fest.

„Wie bitte?", fragte Wolfe.

„Jaja, ich weiß. Rückständig, schlampig. Aber das hilft uns jetzt nicht weiter. Ich habe die Kamera an der Kreuzung gedreht. Nach den Bildern habe ich eine kleine Zeichnung gemacht!"

Angelos ging zum Flipchart.

„Vorne die zwei Flügeltüren. Oben ein Lüftungs-schacht auf dem Flachdach. Nach hinten eine Türe. Ein Anwohner hat auf meine Bitte hin Auf-nahmen gemacht, von den Wegen zur Rückseite oder eventuellen Hindernissen!"

Mit Hindernissen waren die für Mykonos so typi-schen hüfthohen Mauern gemeint. Diese waren keine Begrenzungsmauern, wie Touristen oft vermuteten, sondern Schutzmauern gegen den Wind, der die dünne Schicht an fruchtbarem

Boden sonst schon längst ins Meer geblasen hätte. Da sie durch die Winde und ihr Alter oft nur noch Steinhaufen waren, stellten sie ein Risiko dar.

„Lakis, ich habe es mir so vorgestellt. Ein Angriff am Tag. Damit rechnen sie vielleicht weniger als in der Nacht. In den Hallen ist es am Nachmittag bestimmt heiß und stickig. Sie können die Flügeltüren ja nicht öffnen. Sie sind hoffentlich durch die Hitze weniger aufmerksam.

Scheinangriff von vorne mit Blendgranaten. Tatsächlicher Angriff von hinten. Türe aufsprengen. Gleichzeitig Angriff über das Oberlicht. Allerdings ohne Hubschrauber, das wäre zu auffällig, auch wenn hier den ganzen Tag Hubschrauber fliegen: die Entführer wissen das nicht. Es bleibt nur die gute alte Leiter!"

Lakis war der Einsatzleiter der OPKE.

„Straßensperrung?"

„Mit quergestellten Bussen, hier, hier und hier", antwortete Angelos und deutete auf die drei Stellen auf der Karte.

„Mit dem Angriff bei Tag hast du sicherlich recht. Die Busse dürfen aber erst eine Minute vorher in Stellung gebracht werden, sonst fällt den Entführern auf, dass es so still ist. Du vermutest die Prinzessin unter der Hebebühne, richtig?"

„Ja, oder im Büroraum. Aber der hat ein Fenster. Eher unwahrscheinlich. Also wäre der Schacht der Hebebühne geeigneter. Über den Schächten sind bei alten Werkstätten oft massive Balken oder Bretter. Bei Schusswechseln wäre sie da relativ geschützt!"

Angelos´ letzter Satz beruhigte die zwei Emiratis sichtlich.

„Postenbezug wie hier auf dem Plan 1550. Zugriff 1600. Einwände?"

Es gab keine.

„Dann gebe ich jetzt diese dämliche Presseerklärung", sagte Angelos und holte sich den fünften Espresso des Tages.

Er hatte die Medienvertreter nach Ornos bestellt, vor seine eigene Haustüre. Es war schlicht praktikabler als dies im Rathaus zu machen. Dort konnten weder er selbst, noch die Übertragungswagen parken. Vor Angelos´ und Alex´ Haus lag ein großer Parkplatz.

Als Angelos vor die Türe treten wollte, sagte er: „Alex, komm mit!"

„Was soll ich denn da draußen?"

„Neben mir stehen. Bist du nun mein Ehemann oder nicht? Dann soll das auch jeder sehen!" Und so traten der Bürgermeister und Alex der Meute entgegen.

„Statement ohne Fragen. Versuchen Sie es bitte auch nicht mir Brüllen. Alle fertig? Gut."

„Aus ermittlungstaktischen Gründen kann ich nur wenige Details bekanntgeben. Sie wissen, dass es sich teilweise um das sogenannte ‚Täterwissen' handelt, das für unsere Ermittlungen wichtig ist! Ich bitte daher alle, Informationen erst uns mitzuteilen, bevor Sie sie publik geben. Denken Sie immer daran, dass das Leben eines Menschen davon abhängt. Dabei ist es unerheblich, ob dieser Mensch eine Prinzessin ist oder nicht."

In Athen verdrehte der Premierminister die Augen.
Der Emir wird begeistert sein, dachte er.
„Ich habe die Entführte persönlich kennengelernt
und halte sie für eine starke Frau. Dennoch
werden wir alles tun, um sie möglichst schnell zu
befreien. Die Entführung fand vorgestern um 8.15
Uhr statt. Obwohl Anwohner die Szene beobach-
teten und sogar aufnahmen, hielten sie es für
wichtiger, die Aufnahmen bei Instagram zu
posten!"
Gemurmel.
„Ich meine hierbei den Account von ‚kaloqueen'. Da die Dame aber die Polizei nicht
verständigte, verstrich enorm viel Zeit, bis wir
unterrichtet wurden!"
Gott sei Dank erwähnt er den Emiratischen
Botschafter nicht, dachte der Premier.
„Auch das Verhalten des Botschafters von
Schardscha war nicht hilfreich. Obwohl er von
einem der verletzten Bodyguards sofort verstän-
digt wurde, kam ihm nicht in den Sinn, die Polizei
zu benachrichtigen!"
Ich bringe ihn um, dachte Migiakis in Athen.
„Bei dem Überfall wurden beide Bodyguards
getötet. Die Entführer flohen über Elia hoch aufs
Plateau. Die Entführer haben sich bisher nicht
gemeldet. Sie haben aber unsere direkte Durch-
wahl. An dem Krisenteam beteiligt sind neben der
örtlichen Kriminalpolizei, der Geheimdienst und
Vertreter der Emiratischen Regierung. Alle
Maßnahmen werden gemeinsam beschlossen
und getragen. Verhandlungsführer bin ich. Zum

Abschluss noch einmal: jede Information, die ohne Abstimmung mit uns nach außen gelangt, kann das Leben der Geisel gefährden. Danke!"

34

Um 15.50 Uhr standen alle Einsatzkräfte bereit. Vorne sollten vier OPKE-Männer für mächtig Lärm und Nebel sorgen. Gleichzeitig sollten zwei Mann von oben in die stillgelegte Werkstatt eindringen.

Die letzten zwei würden die Hintertüre sprengen. Angelos würde vom Dach folgen, Alex durch die Hintertüre. Clarke und die zwei Emiratis sollten im Nachbarhaus warten und eine eventuelle Flucht verhindern, die aber ohnehin an den quergestellten Bussen scheitern würde.

Es knisterte in dem Nachbarhaus, in dem die Männer auf den Einsatz warteten und vom Besitzer noch mit Kaffee versorgt wurden.

„Danke, Yannis", sagte Angelos. Er ging zu Clarke, dem keinerlei Nervosität anzumerken war. Darauf angesprochen meinte er:

„Das ist nicht mein erstes Mal, Nikakis. Verstecke stürmen gehörte über Jahre zu meinem Programm. Außerdem habe ich nur eine Nebenrolle!"

Von Ornos waren alle in größeren Zeitabständen

losgefahren. Die Medienmeute stand noch immer auf dem Parkplatz, weil sie damit nah am Geschehen waren. Würde sich etwas ereignen, die Einsatzleitung wäre sicher dabei. „Da fahren wir dann hinterher", dachten sich die Journalisten. Mit diesem Problem hat die Polizei auf der ganzen Welt zu kämpfen. Mykonos hatte als Insel diesbezüglich einige Vorteile. Der Bürgermeister hat die Kontrolle über alles. Er darf in Notfällen Flughafen und Hafen schließen. Was auf dem Festland fünf Stempel braucht, geht im kleinen, fast geschlossenen Raum fast problemlos, zumal Insulaner in Notsituationen zusammenstehen.

So ließ Angelos um 15.30 Uhr den Luftraum sperren. Er hatte die Aktion auf 16.00 Uhr gelegt, da zu dieser Zeit die letzte Chartermaschine aus München gelandet ist. Eine Umleitung nach Samos wollte er vermeiden. Als Grund teilte der Tower der Flugsicherung mit, sie hätten einen Computerabsturz. Dort lachte man nur: „Wieder mal der Nikakis-Virus?"

Man kannte dort die wahren Gründe, wusste aber, dass Angelos mit diesem Mittel sehr sparsam umging.

Mit der Sperrung waren die Hubschrauber der TV-Teams lahmgelegt. Alex hatte vorgeschlagen, dass einige der Einsatzkräfte vom Kitesurfer-Strand direkt vor dem Haus per Boot zum Hafen übersetzen sollten. Dort könnten sie in Fahrzeuge umsteigen. Folgen könnten die Medienvertreter nicht.

„Gut gemacht", sagte Clarke.

Um 15.59 Uhr waren alle Posten um die Tankstelle bezogen. Über das folgende Geschehen würden die Bewohner von Ano Mera noch Jahre sprechen, denn sonst passierte in der zweitgrößten Gemeinde der Insel nichts, außer maximal einem ausgehängten Gartentor.

Die Granaten und Nebelkerzen sorgten für das nötige Spektakel. Auch auf dem Dach und an der Hintertür gab es Explosionen und die Anwohner sahen – aus gebührender Entfernung – schwarz gekleidete und vermummte Männer in das Gebäude eindringen – aber Schüsse fielen keine.

Im Inneren hörte man mehrmals „Gesichert". Aber zu sichern gab es nichts.

Die Halle war verlassen. Lediglich der Peugeot Boxer stand da.

„Verdammt. Masouras hatte doch gesagt, niemand habe die Halle verlassen!"

Angelos stürmte über die Straße zu Masouras´ Haus.

Es stellte sich heraus, dass der Mann gute zwei Minuten brauchte, um ins Wohnzimmer zu gehen, die Nummer aufzuschreiben und sich wieder zu seiner Bank vor dem Haus zu begeben.

„Und genau in den zwei Minuten sind die Entführer mit dem zweiten Auto rausgefahren. Sie hatten es wohl eilig", knurrte Angelos.

„Der Wagen wird uns nichts bringen. Der ist bestimmt sauberer als ein OP-Saal", sagte Alex. Angelos nickte.

„Fahren wir zurück. Aber getrennt. Von dem Aufstand hier erfahren die Hyänen noch früh genug."

Es kam noch eine schlechte Nachricht. Angelos´ und Alex´ einziger Verbündeter, Nikos vom Geheimdienst, musste zurück nach Athen. Warum war Geheimsache. Klar.

„Jetzt sind wir noch zu zweit", sagte Angelos.

35

Wenn die Entführer anrufen, muss ich sie nach etwas fragen. Dabei werde ich dich nicht nennen, obwohl du dabei warst. Du verstehst jetzt gar nichts, aber versprich mir, dass du nicht böse wirst", sagte Angelos zu Alex.

Der lachte.

„Ein Persilschein?"

„Ja, weil es um zwei oder drei Sekunden geht. Du wirst es verstehen", antwortete Angelos. „Vertrau mir!"

„Tue ich doch immer, oder?"

„Stimmt" sagte Angelos und küsste Alex.

„Du übernimmst das Tracking. Bringt zwar nichts, aber der Rest sieht, dass wir etwas tun."

Es dauerte zwanzig Minuten bis die Entführer anriefen. Aber Angelos ließ sie nicht zu Wort kommen.

„Hör zu. Angelos Nikakis. Notiere dir folgende Nummer. Sechs-Neun-Fünf-Eine-Eins-Vier-Drei-Fünf. Das ist ein Prepaid-Handy. Unter der Nummer bin nur ich zu erreichen. Als erste brauche ich ein Lebenszeichen. Frag die Prinzessin, was wir an unserem Abend gegessen haben. Nächster Anruf über das Handy. Ende!" Angelos legte auf.

Die Emiratis waren außer sich.

„Warum haben Sie ihn nicht zu Wort kommen lassen? Er hätte seine Forderungen stellen können und Sie hätten ihn nach den Austauschmodalitäten fragen können. Die Prinzessin leidet so noch länger!"

„Unsinn", sagte Angelos. „Erstens will ich verhindern, dass er mit irgendjemand anderem als mit mir spricht. Und an einem Lebenszeichen haben auch Sie Interesse, oder nicht? An einen schnellen Austausch glaube ich nicht. Länger hätte er ohnehin nicht telefoniert, damit er nicht zu tracken ist. Wir können zwar den Kreis nicht eng genug schließen, aber das weiß er nicht. Er wird jetzt die Prinzessin fragen und sich dann wieder melden!"

Wolfe musste feststellen, dass Nikakis alles richtig machte. Ein persönliches Verhältnis aufbauen, unter anderem dadurch, dass nur er Kontakt zu dem Entführer hält.

Im Versteck saß Safiye zusammengekauert auf ihrer dreckigen Matratze. Der ganze Körper schmerzte. Zwischen den Beinen blutete sie. Hinzu kamen die blauen Flecken, die schmerzten.

Es klopfte drei Mal, was bedeutete: Kapuze aufziehen.

Sie hörte, dass die Türe aufging und anschließend Schritte. Dann wurde wieder abgesperrt und es folgte das Klopfzeichen. Safiye nahm die Kapuze ab und sah neben sich einen Zettel liegen.

„Was habt ihr beim gemeinsamen Abend mit Angelos Nikakis gegessen?"

Endlich. Endlich geht es voran. Und Angelos war offensichtlich der Verhandlungspartner und nicht irgendein Depp von der Emiratischen Polizei. Sie hoffte, nein, sie wusste, dass er sie mochte und sie zusammen eine gemeinsame Beziehung aufgebaut hatten, obwohl es nur ein Abend war.

Safiye lächelte. Zum ersten Mal, seit sie entführt wurde.

Sie schrieb auf den Zettel:
SCHWULES ARGENTINISCHES RIND.

36

Es dauerte nur zwanzig Minuten bis auf Angelos´ Handy der zweite Anruf der Entführer einging.

„'Schwules argentinisches Rind', was immer das ist!"

„Es ist die richtige Antwort. Hör zu. Die Anrufe dürfen nicht länger als 30 Sekunden dauern, sonst tracken sie dich!"

„Geht bei einem Handy nicht genau!"

„Geht wohl. Also ruf morgen um 11 Uhr an, dann reden wir über Forderungen. Ende!"

‚Sonst tracken sie dich'. Er versucht, sich von den Behörden zu distanzieren. Und erzeugt zusätzlichen Druck durch das Tracking. Das brachte tatsächlich ein – überraschendes – Ergebnis. Das Gespräch lief über einen Funkmast bei Merchias im entlegenen Nordosten. Dort sind sie dann bestimmt nicht, dachte Angelos. Natürlich könnten wir versuchen, den Nordosten abzuriegeln, aber erstens kämen wir zu spät und zweitens haben die Entführer den Ort des Anrufs sicherlich gut durchdacht. Und was hätte man davon, einen Entführer festzunehmen? Käme er nicht zurück, würde man die Prinzessin töten.

„Wir protestieren gehe diese Strategie. Die ganze Angelegenheit wird so in die Länge gezogen. Dem Emir wird das nicht gefallen", schimpfte einer der Emiratis.

„Es gibt keinen Emir hier auf Mykonos", sagte Angelos grinsend. Wolfe hätte es vor Lachen fast zerrissen.

„Halten Sie die Klappe. Nikakis macht das genau richtig. Es ist auch dem Emir sicher lieber, dass es zwei Tage länger dauert und dafür seine Tochter am Leben bleibt!"

Angelos war dankbar für die Unterstützung durch den FBI-Mann.

„Da heute nichts mehr ansteht, schlage ich vor, wir treffen uns morgen früh wieder", sagte Angelos.

Und außerdem will ich heute Sex, sonst kann ich morgen nicht mehr klar denken.

Alex lächelte. Er wusste, dass Angelos nach dem Sex immer einen Energieschub bekommt. Und den würden sie brauchen.

„Darf ich den Emir von Mykonos nach oben bitten?", fragte Alex.

„Wo ist der fliegende Teppich?" lautete die Gegenfrage. „Habe ich dir heute schon gesagt, dass ich dich liebe?"

Alex schüttelte den Kopf. „Nein".

„Dann sollte ich es dir einfach zeigen", meinte Angelos.

„Was hat Liebe denn mit Sex zu tun?", fragte Alex grinsend.

„Bei mir alles. Und das weißt du", sagte Angelos.

37

Und tatsächlich war Angelos am nächsten Morgen fit. Die fast schwarzen Augen leuchteten, das pechschwarze Haar glänzte und irgendwie schienen auch die Muskeln frisch trainiert zu sein.

Was ja auch stimmte. Und auch Alex fühlte sich gut, wenn auch erschöpft. Der Emir war kaum zu bremsen gewesen, dachte er.

Kaum waren die anderen Mitglieder des Krisenstabs eingetroffen und die ersten Espressi getrunken, vibrierte das „Entführerhandy".

„Nikakis. Hören Sie zu. Zwei Millionen Dollar. Aber in Diamanten zu maximal 1 Karat. Und der Emir soll öffentlich auf Al-Jazeera erklären, dass sich Schardscha Petrol aus dem Mittelmeer zurückzieht. Als Grund soll er den Schutz der Umwelt angeben.

Dann kann er nicht mehr zurückrudern!"

„Die Diamanten werden dauern", antwortete Angelos.

„Für den Emir kein Problem. Ich rufe morgen wieder an. Übergabe übermorgen. Bis dahin muss die Erklärung erfolgen!"

Klick.

„Nicht blöd. Kleine Diamanten sind leicht zu verkaufen, einfach zu transportieren und Farbbeutel zur Markierung fallen auch weg."

Bei anderen Lösegeldübergaben oder Banküberfällen wird so das Geld unbrauchbar gemacht. Zudem trägt auch derjenige, der den Koffer oder die Tüte öffnet, Markierungsspuren davon.

Fällt alles weg, dachte Angelos.

„Alex, …"

„Sechzig Stück zu je 34.000 Dollar", antwortete der, bevor die Frage ausgesprochen war.

Angelos wandte sich an die beiden Emiratis.

„Your turn. Besorgen Sie die Diamanten und sagen Sie dem Emir, er möge sich an seine Rede machen!"

„Die Diamanten sind kein Problem. Aber der Emir wird sich nicht erpressen lassen. Eine solche Zusage wird er nie machen!"

„So? Ich denke schon. Er braucht die Gasfelder in der Ägäis oder dem Mittelmeer nicht. Seine Tochter ist ihm hoffentlich wichtiger", sagte Angelos.

„Wie können Sie auch nur an der Liebe …", begann der ältere Emirati.

Gerne hätte Angelos den beiden gesagt, was ihr Emir Safiye schon angetan hat – er ließ es.

„Alex, Tracking?"

„Sendemast zwei, Ano Mera Süd."

Scheiß 4G, fluchte Angelos. Die Sendemasten stehen kilometerweit voneinander weg. Bei 5G sieht das ganz anders aus. Die Abstände müssen viel enger sein – was es für die Polizei leichter macht. Das Handysignal auch ohne Telefonat zu verfolgen – das geht natürlich. Es hilft nur dann nichts, wenn der Handybesitzer nach jedem Anruf die Prepaidkarte wechselt. Und ein älteres Modell verwendet. Die Smartphones der neuen Generation sind hingegen wie eine wandelnde Wanze. Aber hier blieb es bei vagen Daten.

Angelos ging zur Karte.

„Der erste Anruf war von Merchias aus, jetzt Ano Mera – beide von der östlichen Hälfte. Kalafati fällt auch aus – dann hätten die Entführer Safiye gleich dort entführen können. Alles oberhalb von

Elia links ebenfalls – dann wären sie links abgebogen!"
„Sie hätten nach dem Wagenwechsel auch wieder zurückfahren können", widersprach Wolfe.
„Wozu dann den Wagenwechsel? Es war ein Risiko!", sagte Angelos.
Er sah auf die Karte und stellte fest, dass sich das Gebiet, in dem das Versteck liegen könnte, doch deutlich reduziert hatte. Ausgehend von der These, dass die Anrufe NICHT von Safiyes Gefängnis ausgingen, was wahrscheinlich war.

Er ging zu Alex, der am Notebook saß, und beugte sich zu ihm herunter:
„Gehen wir beide mal kurz nach draußen?"
Zu den anderen sagte Angelos: „Kleines Privatgespräch!"
Alex stand auf und die beiden gingen zum Strand. Derweil stand Wolfe vor der Karte und musste Angelos zustimmen. Sicher, es handelte sich immer noch um zig Quadratkilometer. Aber innerhalb der einzelnen Bereiche gab es teilweise nur wenige Gebäude, im Nordosten zum Beispiel.
Dennoch: im Rest waren zahlreiche Gebäude ohne Höfe oder Garage in der Nähe, dann einige Geschäfte.
Sie kamen der Sache langsam näher.
Verdammt nahe.

38

„Alex, sag mir deine Meinung. Was ist dir aufgefallen?", fragte Angelos, als sie am Kitesurferstrand standen.

„Hier passen einige Dinge nicht zusammen", sagte Alex.

„Und die wären?"

„Die Forderungen passen nicht zusammen. Umweltschützer würden keine Diamanten wollen und Kriminelle wäre der Umweltschutz aber sowas von egal!"

Angelos nickte.

„So ist es. Noch was?"

„Mir sind die ‚Kollegen' etwas suspekt. Keine eigenen Ideen. Sie kritisieren nur. Diskutieren wäre ja in Ordnung. Aber alles bisher hätten wir auch zu zweit gekonnt. Gut, natürlich ausgenommen die Tankstellen-Aktion", sagte Alex.

„Mir gefällt Wolfe nicht. Er lobt mich auffällig oft. Und dann die Reaktion gerade eben. Er hat die Karte vollkommen ignoriert und sogar eine These aufgestellt, die nun wirklich Schwachsinn ist. Was soll das?", regte sich Angelos auf.

„Mir ist nicht wohl. Die Übergabe sollst sicher du machen. Wenn hier aber Dinge am Laufen sind, von denen wir nichts wissen, bist du in Gefahr. Du könntest es herausfinden, das wissen die anderen. Und das bedeutet: man muss dich loswerden, Angelos. Also vergiss es. Ich werde bei der Übergabe dabei sein", sagte Alex.

„Das wäre Safiyes Todesurteil", entgegnete Angelos.

„Das klingt jetzt herzlos. Es geht um ein Mädchen, mit dem du dich zwei Stunden unterhalten hast. Es geht auch um mich. Das Mädchen bringt dich in Gefahr. Und da kenne ich keine Rücksicht."

Angelos legte den Arm um Alex.

„Wenn sie stirbt, heißt das nicht, dass ich außer Gefahr bin!"

Womit Angelos recht hatte.

„Lass es uns doch versuchen, dass wir drei – ich, du und Safiye – möglichst lebend davonkommen! Vielleicht bringen wir ja noch etwas Licht ins Dunkel!"

„Wir haben 48 Stunden. Das ist wohl etwas knapp in einem Entführungsfall, an dem mehrere Parteien beteiligt sind, die wir zum Teil nicht einmal kennen", beharrte Alex auf seiner Meinung.

„Arkoudaki-mou, hab doch ein bisschen Vertrauen in mich. Niemand nimmt dir deinen Emir", sagte Angelos.

„Der Titel gefällt dir, oder? Und wann schafft der Emir die Demokratie auf dieser Insel ab?"

„Welche Demokratie?", fragte Angelos.

39

Ich halte die Forderung mit den Diamanten für eine Finte, eine Ablenkung. Die Einstellung der Förderung von Gas und Öl im Mittelmeer scheint mir eher der Kern des Ganzen zu sein. Um an Geld oder Diamanten zu kommen, hätten die Entführer sich auch irgendeinen Milliardär greifen können. Gibt ja nicht gerade wenig hier", sagte Wolfe und ging zur Karte.

„Und eine Ortung war in Merchias. Was, wenn die Entführer bewusst von ihrem Versteck aus telefoniert haben, weil sie ahnten, dass wir diesen Ort automatisch ausschließen würden? Bei Merchias ist doch noch immer dieses Camp der Umweltschützer?"

„Ja. Die meisten sind zwar mit dem Ölteppich verschwunden, aber ein paar sind noch da", antwortete Angelos.

„Welcher Ölteppich?", fragte Wolfe grinsend.

„Glauben Sie im Ernst, dass ein paar Greenpeace-Jungs die Tochter eines Staatschefs kidnappen und dann in einem Zeltlager verstecken? Abgesehen davon, dass Greenpeace jede Glaubwürdigkeit verlieren würde."

„Ich denke nicht an Greenpeace, sondern eher an Öko-Terroristen, die es ja wohl unbestreitbar gibt!"

Natürlich gibt es auch hier Radikale. Wie bei Tierschützern und Vegetariern. ‚Normal' und

‚ausgewogen' sind offensichtlich aussterbende Worte, dachte Angelos.

„Ich werde garantiert keine Sondereinheit in ein friedliches Zeltlager schicken", sagte Angelos.

„Davon spreche ich auch nicht, Nikakis. Aber mich kennt keiner. Ich könnte mich dort vorsichtig umsehen. Als Journalist", meinte Wolfe.

Dann bist du wenigstens aus dem Weg, dachte Angelos und nickte.

Kurz, nachdem Wolfe das Haus in Ornos verlassen hatte, zog ein Gewitter auf. Ein mediales Gewitter.

„Agapi-mou! Komm schnell her", rief Alex, der wieder am Notebook saß.

ÜBERGABE LÖSEGELD MORGEN. POLIZEI ZUVERSICHTLICH: „WIR FASSEN DIE TÄTER!

Zu lesen auf der Website von n-tv, dem größten griechischen Nachrichtensender.

Angelos traf fast der Schlag. Die Aussagen wurden alle ihm zugeschrieben. Fake News. Wobei: dass die Übergabe am nächsten Tag erfolgen soll, war korrekt. Die Entführer hatten sicherlich keine Pressemeldung herausgegeben.

Also musste das Leck im Krisenstab zu finden sein. Angelos brüllte die Emiratis an – es war niemand anderes da, um Aggressionen loszuwerden.

Doch die schauten so betreten, dass Angelos klarwurde: die hatten nichts damit zu tun. Aber was hätte Wolfe davon, der auf Druck des Emirs dabei war.

„Herrgott. Uns werden zwanzig Hubschrauber hinterherfliegen. Gefolgt von zwanzig SUVs!"

„Das macht mir wenig Sorgen. Du sperrst wieder mal den Luftraum. Aber diesmal brauchen wir Kräfte, die den Start von Hubschraubern verhindern, falls sie sich nicht an das Verbot handeln. Was die Verfolgung per Auto betrifft, könnten wir wieder auf Busse und LKW setzen. Liegt die Übergabe im Osten, dann bräuchten wir …"

Alex zählte die Straßen auf der Karte durch. Es waren acht. Sollte es Foko, Merchias oder Kalo Livadi sein, käme man mit weniger aus.

„So machen wir es. Ich spreche mit dem Flughafen. Die acht OPKE-Männer sollen das Rollfeld abriegeln. Rufst du wegen der Busse an?"

Alex nickte.

Angelos machte Espresso, nahm die Tasse und setzte sich auf die Stufen vor dem Haus.

Sein Deduktionsritual. Nicht stören, hieß die Devise – das wusste Alex.

„Kommandiere ich dich herum?", fragte Angelos, als er zurück ins Haus kam.

„Schon in Ordnung. Mach dir keine Gedanken. Ich mache alles. Hauptsache, dir passiert nichts", sagte Alex.

Angelos´ schwarze Augen leuchteten kurzzeitig. Dankbarkeit. Vertrauen. Liebe.

Dann sagte er:

„Alex, schau dir bitte den Account von ‚kaloqueen' an. Jedes Foto, jeden Beitrag, jeden Kommentar. Vielleicht findest du irgendetwas!"

„Irgendein Verdacht?", fragte Alex.

„Bauchgefühl. Ich denke, die Übergabe findet in Kalo Livadi statt. Alles andere sollte mich wundern!"

40

Am frühen Abend meldete sich Athen. Die Villa Maximos.

„Ich schaue gerade Nachrichten und erfahre, dass morgen die Übergabe ist. Wäre schön, wenn du den Premierminister in Kenntnis gesetzt hättest", knurrte Migiakis.

„Hätte ich gerne. Nur: irgendjemand von den Herren, die du mir geschickt hast, plaudert. Und gefährdet das Leben der Prinzessin. Mir kam der Gedanke, dass nicht alle an Safiyes Weiterleben interessiert sind", sagte Angelos.

„Wer bitte sollte denn das sein?"

„Ich weiß es nicht. Besonders hilfreich waren weder die Emiratis noch der FBI-Mann!"

„Angelos. Es darf alles passieren, nur keine tote Prinzessin auf einer unserer Inseln. Die Folgen wären verheerend", sagte Migiakis.

„Vor allem für die Prinzessin", erwiderte Angelos ironisch.

„Keine Zeit für Witze!"

„Ein gutes Gefühl habe ich nicht!"

Migiakis wusste, dass Angelos´ Bauchgefühl nicht oft trog. Er hatte es am eigenen Leib verspürt.

Er seufzte.

„Als hätte ich keine anderen Sorgen", klagte der Premier.

„Aber jetzt hör zu. Schardscha hat angerufen. Der Emir hält diese Ansprache. Morgen um 12 Uhr, so wie es die Entführer gefordert haben. Sie meinten, der Imagegewinn könnte mehr wert sein, als die Gas- und Ölfelder!"

Womit sie recht haben könnten.

„Hör zu. Wenn die Entführer am Umweltschutz interessiert wären, dann würden sie einen kompletten Bohrstopp fordern. Auch im Persischen Golf. Überall. Aber sie fordern den Stopp nur für die Ägäis und das Mittelmeer? Das ist absurd. Deswegen glaube ich auch nicht, dass damit das Leben der Prinzessin gerettet ist!"

Migiakis dachte nach. Nikakis hatte recht.

„Dann hoffen wir, dass es denen um die Diamanten geht!"

„Zwei Millionen Dollar? Da hätten sie sich einen der Tausend Milliardäre greifen können. Genauso absurd!"

„Und wie sieht deine Lösung aus?", fragte Migiakis.

„Lösung? Mitspielen. Was bleibt mir übrig? Und irgendwie Safiye retten. Und nebenbei mich", antwortete Angelos.

Migiakis seufzte.

„Hör zu. Die nächste Hiobsbotschaft: Schardscha hat die Diamanten. Aber sie werden vom Kronprinz nach Mykonos gebracht!"

Jetzt stöhnte Angelos.

„Pass auf, dass nicht auch der noch verschwindet!"

Und nach einer Pause fuhr Migiakis fort:

„Aber wenigstens eine gute Nachricht habe ich: Er sieht gut aus!"

„Doofkopf!"

„Du besserst dich. Das letzte Mal war es noch ‚Vollidiot'! Er landet um 18.00 Uhr bei dir. Er erwartet dich um 20.00 Uhr in den ‚Villas'!"

Angelos wurde laut.

„Ich soll auch noch den königlichen Unterhalter spielen? Ich muss vielleicht seine Schwester retten. Herrgott!"

41

D u dummes Arschloch", schrie der Entführer ins Handy. „Deine Prinzessin ist so gut wie tot!"

Angelos holte tief Luft.

„Erstens ist es nicht meine Prinzessin. Zweitens habe nicht ich die Information nach draußen gegeben. Ich halte mich an die Vereinbarung. Heute Abend bekomme ich die Diamanten. Und die Erklärung des Emirs erfolgt morgen um 12.00 Uhr. Nichts hat sich geändert. Können wir jetzt bitte wieder normal miteinander reden?"

Stille.

„Und wer war es dann? Muss ja jemand von euch gewesen sein", sagte der Entführer.

„Keine Ahnung. Aber die Übergabe mache ich. Und keiner erfährt, wo sie stattfindet."

„Gut. Ich rufe morgen wieder an, sobald ich die Erklärung im Fernsehen gesehen habe!"

Angelos seufzte. Er hatte gehofft, er könne die Modalitäten schon heute klären.

„Nein. Du musst dich heute noch einmal melden. Bedingung des Emirs. Wir brauchen ein neues Lebenszeichen. Die Frage lautet: Wo habe ich Alex kennengelernt?"

Aufgelegt.

Keine fünf Minuten später war Wolfe aus Merchias zurück.

„Und?", fragte Angelos bewusst gelangweilt.

„Ich würde sagen, es hat sich gelohnt", antwortete Wolfe triumphierend und hielt einen dünnen Armreif in die Höhe.

„Gefunden im Gras auf dem Parkplatz an den Klippen. Ich denke, die Prinzessin hat ihn absichtlich fallenlassen!"

„Sie glauben im Ernst, dass die Prinzessin bei der Flucht bei Bewusstsein war?", fragte Angelos.

Und das von einem Entführungsspezialisten. Angelos versuchte sich zu erinnern. Hatte die Prinzessin an dem Abend in den „Villas" Armreife getragen? Und wer zum Teufel trägt beim Jogging Schmuck? Andererseits war sie wahrscheinlich an dem Morgen noch so stoned, dass sie auch im Schlüpfer hätte laufen können.

„Aber der Armreif ist keine Billigware. Das sind alles kleine Diamanten", entgegnete Wolfe.

„Ist der Schmuck der Prinzessin noch in den ‚Villas'?", fragte Angelos die Emiratis,

„Wir haben alles in den Hotelsafe legen lassen!"

„Gut. Ich bin heute Abend beim Kronprinzen, dann schaue ich, ob der Reif zu dem anderen Schmuck passt".

Der Armreif war so dünn, dass er normalerweise nicht allein getragen wird, also müsste …

42

Houston

Hugh T. Jackson stand am Fenster seines Towers und war zufrieden. Die beauftragte Firma war bereits auf dem Dach und er sah, wie die ersten Leuchtlettern nach oben verschwanden.

Sein Plan hatte bisher gut funktioniert. Die Entführung der Prinzessin hatte einen sofortigen Themenschwenk in den Medien bewirkt. So steuert man News, dachte Jackson.

Der Shitstorm nach der „Ölpest" vor Mykonos war verebbt. Kein Mensch fragte mehr danach, was denn mit dem „Öl" passiert und wo denn das Schiff geblieben sei.

Und AEXCOM war endlich aus den Schlagzeilen. Einige Sponsoren seiner Stiftung waren abgesprungen, aber auf deren Geld konnte Jackson verzichten. Wichtig war ihm immer das große Ganze. Big Business. Kein Zweifel, die Affäre um die „Subsea 7" hatte AEXCOMs Ruf beschädigt und damit die Chancen auf Explorations- und Förderungslizenzen erheblich gemindert. Allein beim Namen AEXCOM ging schon das Geschrei los.

Aber Lamentieren war Jacksons Sache nicht. Energisch handeln, hieß die Devise.

Und so machte er das, was jede Schifffahrts-
gesellschaft nach einem Unglück macht: einfach
den Namen wechseln. Alter Kern, neue Fassade.
Sein zweiter Coup aber würde der entscheidende
sein. Ein ernstzunehmender Rivale würde aus dem
Feld geschlagen. Zumindest für den Moment,
denn in der Branche ist wirklich nichts von Dauer.
Und wenn sich diese Vollidioten mit ihrer Meinung
zur angeblichen Klimaerwärmung durchsetzen,
dann würde Washington zunächst zum Schutz der
eigenen Wirtschaft mauern. Denn die USA waren
vom Importeur längst zum Exporteur fossiler
Brennstoffe geworden. Sollten jedoch die
Demokraten die nächste Wahl gewinnen, so
würde er sich anpassen.
Wasser. Seine Firma würde umsteigen und sich auf
das profitabelste Geschäft der kommenden
Jahrzehnte konzentrieren: Wasser. Jackson hatte
schon damit begonnen, lautlos Wasserrechte in
Gebieten zu erwerben, die vermeintlich genü-
gend Niederschlag verzeichnen. Würde sich das
Klima doch ändern, so stünde den Besitzern von
Wasserrechten ein Geldregen bevor.
Ich gewinne auf jeden Fall.
Im Gefühl, der Größte zu sein, hörte sich Jackson
noch einmal den letzten Bericht von Clarke an.
Alles lief bestens. In wenigen Stunden würde der
Emir seine Ansprache halten. Der Emir. Pffft. Vor
zwanzig Jahren hat der noch in die Wüste
geschissen und jetzt einen auf König machen.

Clarke meinte, einer könnte ihnen noch in die Suppe spucken. Dieser elende Bulle, der ihm schon den „Subsea 7-Skandal" eingebrockt hatte. Und Jackson hatte einen klaren Befehl erteilt: Entsorgen.

Zeitgleich musste Prinzessin Safiye die nächste Vergewaltigung über sich ergehen lassen. Sie hatte aufgehört, sich zu wehren. Und es schien, als ob diese Tiere dadurch den Spaß verlören. Safiye schrie nicht mehr.
„Morgen ist der Tag", hatte einer der Vergewaltiger gesagt.
Was hieß das?
Morgen komme ich frei? Oder: morgen sterbe ich?
Als es zehn Minuten wieder drei Mal klopfte, musste sie wieder die Kapuze aufsetzen. Die war noch immer feucht, so sehr hatte Safiye hineingeweint.
Ein neuer Zettel, dachte sie und hatte recht.
„Wie hat Angelos Alex kennengelernt?"
Sie nahm den Stift in die Hand und schrieb:
„Alex hat Angelos verhaftet!"

43

Dein Mann hat dich verhaftet", sagte der Entführer. Das „Mann" spie er fast aus. Dies und der leichte Akzent, ließen Angelos vermuten, dass der Entführer Araber oder vielleicht sogar Emirati war. Aber dies spielt keine Rolle.

Und Angelos täuschte sich. Der Entführer am Telefon war Paschtune.

„Gut. Die Diamanten kommen heute Abend. Übergabe?", fasste sich Angelos kurz.

„1400. Nur du. Und niemand folgt dir. Wir haben dich im Blick!"

Einen Dreck hast du, dachte Angelos.

„Du fährst Richtung Ano Mera. Du erhältst einen Anruf, wohin du die Diamanten bringst. Dann fährst du weiter und hältst direkt nach dem Orts-schild rechts. Nach Prüfung der Steine kommt ein weiterer Anruf, wo du die Prinzessin findest. Sehe ich einen Hubschrauber, ist sie tot. Folgt dir jemand ist …"

„…sie tot. Schon klar. Sonst noch was?"

Stille.

Alex schaute betreten.

„Gehen wir vor die Türe", sagte Angelos.

„Was soll das? Hier passiert nichts ohne unsere Zustimmung", blaffte einer der Emiratis.

„Eure Meinung interessiert mich nicht. Wenn ihr mir folgt, ist Safiye tot. Das ist euch schon klar? Und jetzt entschuldigt ihr uns!"

Alex und Angelos gingen wieder zum Strand.

„Ich würde ja vorschlagen, du folgst mir mit einem Leichtflugzeug…"

Alex entgleiste das Gesicht.

„… aber ich kenne schon dein grünes Gesicht vom Hubschrauber", sagte Angelos lachend und legte den Arm um Alex.

„SUV fällt aus, Bus wäre unauffällig, aber zu unhandlich. OTE?", schlug Alex vor.

„Telefongesellschaft? Nein. Dann vermuten sie eine fahrende Abhörzentrale. Wie wäre es mit einem Veneti-Transporter? Die sind schnell genug!"

Könnte funktionieren. Wäre jedenfalls unverdächtig, denn die Konditorei-Fahrzeuge fuhren ständig zwischen den Filialen hin und her.

„Du verlässt um 13 Uhr das Haus, nimmst das Boot und fährst zum Hafen. Veneti soll den Wagen dort parken. Schlüssel unter den Sitz."

„Vorher Zucker in den Tank der anderen?", fragte Alex.

Angelos lachte.

„Ich bin ein offenes Buch für dich, oder?"

„Ein paar Seiten des Buches überraschen mich mitunter, aber sonst wäre es ja langweilig", sagte Alex grinsend.

„Du nimmst die Glock mit. Und das Notebook mit dem Sender, für den Fall, dass du mich verlierst!"

„Angelos, mir ist nicht wohl. Den Schwachsinn mit dem Armreif glaube ich nicht eine Sekunde. Du wirst keinen anderen passenden Schmuck finden!"

„Das glaube ich auch nicht. Zumindest nicht, wenn die Emiratis nicht auch ein eigenes Spiel treiben!"

„Angelos, ich habe keine Lust, dich wegen einer Prinzessin von sonst wo zu verlieren", knurrte Alex.

„Für Notfälle habe ich dich", antwortete Angelos und küsste Alex.

„Sehr bequem", resignierte Alex.

„Nein. Das ist grenzenloses Vertrauen!"

Und Angelos lächelte.

Alex´ Groll verzog.

Ich bin wie Wachs in seinen Händen.

Aber ich bin glücklich.

44

Ich habe null Bock", knurrte Angelos.

„Das letzte Mal hat es dir doch in den ‚Villas‘ gefallen. Sag nicht, dass es dort nicht luxuriös ist!"

„Ich würde gerne darauf verzichten. Lieber läge ich mit dir im Bett, arkoudaki", jammerte Angelos.

„Das können wir doch immer noch. Und jetzt auf zum Kronprinzen. Zumindest da kann dir nichts passieren", sagte Alex.

Aber damit sollte sich Alex gewaltig täuschen.

Angelos fuhr nach Kalafati, parkte vor den „Villas"
und ging den Fackeln folgend zum dritten Haus.
Natürlich wurde er von zwei Sicherheitsbeamten
gefilzt und das ziemlich unsanft, vor allem
zwischen den Beinen.
„Ich bin der Bürgermeister und dazu Kommissar.
Und diese Waffe kann ich nicht ablegen", knurrte
er, aber der Witz ging an den Herren vorbei.
Und jetzt noch der Prinz. Bestimmt untersetzt, über-
gewichtig und arrogant.
Aber Angelos hätte es sich denken können, denn
selbst er musste zugeben, dass Safiye eine sehr
schöne Frau war. Ist. Und der Kronprinz ähnelte
Safiye sehr.
Er war das, was man gemeinhin einen Traum-
prinzen nennt. Gnadenlos schön. Angelos´ Mund
befiel eine Blitz-Xerostomie. Er stotterte.
„Äh, Will ... kommen auf M-mykonos, Königliche
..."
„Lassen wir das. Ich bin Khaled und Sie müssen
Angelos sein. Schön, dass Sie Zeit haben, trotz
dieser schrecklichen Entführung. Aber Safiye ist
stark. Ich hoffe, Sie macht den Entführern die Hölle
heiß. Kommen Sie! Lassen Sie uns essen!"
Khaled trug eine hautenge Jeans und ein schlich-
tes weißes Leinenhemd.
Himmel, dachte Angelos.
Khaled aber nahm ihm in den ersten 30 Minuten
jede Scheu und Angelos genoss den Abend.

Die Entführung war weit weg. Und der Kronprinz war nicht nur schön, sondern auch witzig.

„Wissen Sie, ich hoffe, Sie halten mich nicht für gefühllos. Ganz im Gegenteil. Meine Schwester und ich stehen uns mehr als nahe. Aber ich bin mir sicher, dass morgen alles gutgeht. Ich vertraue Ihnen. Besser, wir wechseln zum ‚du'. Das erscheint mir angemessener", sagte Khaled.

Wieso angemessener?

Khaled ahnte wohl, was in Angelos Kopf vorging. „Um es deutlich zu sagen: meine Schwester hat mir von dir erzählt!"

Angelos war ein einziges Fragezeichen. Wann hätte sie denn etwas erzählen können? Party, Drogen, Koma, Entführung. Wann hätte sie ihren Bruder anrufen können?

Khaled lachte.

„Du siehst mehr als verwirrt aus!"

„Wann hätte Safiye dich anrufen sollen? Und warum? Es war ein wirklich netter Abend, aber ..."

Khaled griff nach seinem Handy, wischte und hielt dann das Mobiltelefon in Angelos Richtung.

Es war ein Bild von Angelos und Alex aus dem „Tropicana", als sie sich gerade küssten.

„Saflye hat mich um vier Uhr morgens angerufen. Ich hatte schon geschlafen und war in meinem Zimmer in Istanbul. Sie war in Hochstimmung und klang richtig glücklich. Wahrscheinlich kannst du dir gar nicht vorstellen, was ein Abend in Freiheit für sie bedeutet hat. Und trotzdem hat sie an mich gedacht und dann bei mir angerufen!"

Noch immer verstand Angelos nicht, auf was der Kronprinz hinauswollte.

„Sie erzählte, wo ihr überall gewesen seid und dass es der schönste Abend ihres Lebens sei!"
Kurz senkte Khaled den Blick.

„Der sich dann in den furchtbarsten Morgen ihres Lebens verwandeln sollte", fügte er hinzu.

„Jedenfalls war sie ganz aufgeregt. Nicht nur, weil sie Tanzen und unter normalen Menschen war. Der Grund ihres Anrufs war ein anderer. Sie sagte: ‚ich habe den perfekten Mann für dich gefunden! Schön, klug und witzig'!"
Khaled lächelte.

„Und ich muss sagen: sie hatte recht!"

45

Besonders klug kann ich nicht sein, wenn ich so lange brauche, um zu kapieren, um was es hier geht", sagte Angelos, noch immer verwirrt.

„Safiye war auf Bräutigamsuche?"
Khaled lachte.

„Nein. Aber sie denkt nicht nur an sich. Sie will auch, dass ich glücklich werde. Was nun wirklich schwierig ist bei meiner Position."

„Weiß außer deiner Schwester irgendjemand davon?", fragte Angelos.

„Um Gottes Willen, nein. Selbst die Männer, mit denen ich geschlafen habe, wussten nicht, wen sie da im Bett haben. Aber das Problem ist, dass es mich zunehmend kalt lässt, weil ..."

„... etwas fehlt. Mich hat das dauernde Wechselspiel immer genervt. Jede Woche wurden die Partner durchgewechselt. Ich fand es nur widerlich. Da war ich lieber allein. Und dann hatte ich das Glück, Alex zu treffen. Damit hatte sich die Suche erledigt. Es klingt blöd, aber manchmal hilft Warten!"

„Nur ist bei mir die Lage eine andere. Wenn mein Vater stirbt, bin ich Emir und der kann nicht schwul sein. Zumindest nicht offen. Also müsste ich das Amt des Kronprinzen abgeben, aus gesundheitlichen Gründen. Und dann als Privatier ins Ausland gehen", entgegnete Khaled.

„Schwere Entscheidung", sagte Angelos.

„Überhaupt nicht. Das ist der Plan, sobald ich den Richtigen gefunden habe!"

Meint er jetzt im Ernst mich? Herrgott, rede Klartext, dachte Angelos.

„Darf Ich dich etwas fragen?"

Khaled bewegte seinen Oberkörper nach vorne, stützte seine Ellbogen auf den Tisch und faltete die Hände. Dann ließ er seine Augen leuchten. Er weiß genau um seine Wirkung, dachte Angelos.

„Bist du glücklich?"

„Oh ja. Alex ist mein Traummann. Er hat mich aufgelesen, als es mir wirklich dreckig ging. Er hat mich wiederaufgebaut. Alles, was ich heute bin, habe ich ihm zu verdanken."

„Dann hattest du mehr Glück als ich", sagte Khaled.

Und bevor Angelos erneut sagen wollte, dass man nur warten müsse, fügte Khaled hinzu:

„Aber sag mir eines: wenn du so glücklich bist, warum hast du dann eine Gänsehaut und warum leuchten deine Augen wie Scheinwerfer?"

Genau dies konnte sich auch Angelos nicht erklären.

46

Es ist ein bisschen kühl. Wollen wir für den Kaffee nach drinnen gehen?", fragte Khaled.

„Gerne", hörte sich Angelos sagen, obwohl ihm die fünfzig Zentimeter Abstand am Tisch sehr zupass kamen.

Die beiden gingen an den Fackeln und den wehenden Seidenbahnen vorbei ins Innere der Villa.

Plötzlich blieb Khaled stehen und drehte sich um. Sie waren fast Nase an Nase, als es passierte.

Khaled küsste Angelos auf den Mund. Und Angelos konnte – oder wollte – nicht widerstehen.

Es war ein wilder, fordernder Kuss. Khaleds Hände fuhren über Angelos´ Rücken und wanderten tiefer.

Was mache ich hier, fragte sich Angelos. Als Khaleds Hände nach vorne wanderten, entzog sich Angelos und sagte: „Stopp. Bitte. Ich kann nicht!"

Khaleds Blick signalisierte keine Enttäuschung, keine Wut, sondern pure Verzweiflung.

„Es tut mir leid, wenn ich falsche Signale gegeben habe. Ich … ich war verwirrt und bin es immer noch", sagte Angelos leise.

Khaled verließ wortlos den Raum und Angelos glaubte, Wasser in den Augen gesehen zu haben.

Du Idiot, sagte Angelos zu sich. Nun hatte er zwei Menschen verletzt. Aber einer durfte davon nie etwas erfahren. Alex. Er würde sich nicht darüber freuen, dass ich das Ganze abgebrochen und eine Lobrede auf ihn gehalten habe. Die ich auch so meinte.

Alex würde nur den Kuss sehen und die Dynamik der Situation, die Atmosphäre und die Verwirrung, nicht verstehen.

Wie würde ich reagieren, fragte sich Angelos.

Ich würde es verstehen.

Und das war die Wahrheit.

Angelos´ Liebe zu Alex war durch nichts ins Wanken zu bringen. Selbst wenn Alex einen anderen küssen würde, mehr war es ja auch nicht. Einem schönen Mann widerstehen, noch dazu, wenn man überrumpelt wird, ist schwierig.

Und ich war ihm immer treu, auch wenn er mich zwei Mal beschuldigt hatte, fremdgegangen zu sein. Alex hatte sich zwar entschuldigt, aber es blieben Kratzer. Nein, ich sage nichts. Der Kuss hat mir nichts bedeutet. Khalid sah dies offenbar anders und Angelos hoffte nur, dass Khalid im Beisein von Alex keine Show abziehen würde. Verliebte machen oft irrationale Dinge. Klar, sonst wären sie ja nicht verliebt.

Und Khalid hat sich in mich verliebt, kein Zweifel. Die nächsten Tage werden ein einziger Horror, dachte Angelos.

Und die Glaskugel sagte die Wahrheit.

47

Nach wenigen Minuten kam Khalid aus dem Zimmer und zwang sich zu lächeln.

„Es war ein Fehler. Entschuldige", sagte Angelos.

„Warum? Ich habe es genossen. Und wenn du ehrlich bist … Aber ich werde es so machen, wie du es mir empfohlen hast. Ich werde warten. Und warten. Vielleicht überlegst du es dir anders und folgst deinem Körper. Denn der sagte ‚Ja'. Das kannst du nicht leugnen. Aber ich will dich nicht bedrängen und ich würde niemals – niemals – Alex etwas sagen und deine Ehe zerstören. Wichtig ist jetzt zuerst, dass du Safiye heil zu mir bringst. Ich vertraue dir!"

Khaled gab Angelos den Beutel mit den Diamanten.

Angelos beschloss, nur auf den Part Safiye einzugehen.

„Ich versuche, was ich kann. Irgendetwas stinkt an der Sache gewaltig. Nur was? Ich habe nur noch ein paar Stunden Zeit. Nicht viel", sagte Angelos fast resignierend.

Beim Hinausgehen rief Khaled Angelos hinterher: „Sagst du es Alex?"
Angelos drehte sich um und zögerte mit der Antwort:
„Ich weiß es nicht."

Wie in Trance fuhr Angelos zurück nach Ornos. Er betrat das Haus, ging in die Küche und warf den Beutel auf den Tisch, an dem die beiden Emiratis saßen.
Und zu Alex sagte er nur: „Strand!"
Wieder gingen die beiden die kurze Strecke bis zum Meer.
„Was ist passiert, Großer?"
Angelos seufzte.
„Die Kurzversion? Erstens: Der Kronprinz ist schwul. Zweitens: Safiye hat ihm wohl vor der Entführung von mir erzählt. Drittens: Er ist in mich verknallt.

Viertens: er sieht verdammt gut aus!"

Das waren eindeutig zu viele Informationen auf einmal für Alex.

„Ich habe einen arabischen Prinzen als Neben-buhler? Da kann ich nicht mehr mithalten!"

„Rede keinen Mist, Alex. Ich liebe dich und damit basta. Aber ich bin kein Eisblock. Er tut mir irgend-wie leid", antwortete Angelos.

„Hast du …?"

„Geht es schon wieder los? Ich habe nichts gemacht. Er hat mich geküsst und ich habe es gleich abgebogen. So. Mehr war nicht."

„Wenn nicht mehr war, warum bist du dann so durcheinander?", fragte Alex ängstlich.

„Ich weiß es selbst nicht", antwortete Angelos. „Was ich aber weiß, ist, dass ich dich liebe. Reicht das?"

48

Der Tag der Entscheidung begann zunächst nach Plan. Angelos hatte Wolfe mitgeteilt, dass der Armreif nicht zu Safiyes Schmuck passte – obwohl Angelos den Armreif komplett vergessen hatte. Es spielte auch jetzt keine Rolle mehr. In wenigen Stunden würde die Prinzessin frei sein, daher erübrigt sich die Suche nach ihrem Versteck. Die Jagd nach den Tätern sei jetzt zweitrangig", stellte Angelos fest.

Alex verließ währenddessen das Haus durch die Hintertüre und lief zum Boot am Strand, um zum Hafen zu fahren.

Ihm war übel. Es war nicht nur die übliche Angst um Angelos´ Leben, die ihm auf den Magen schlug, sondern auch die Verwirrung um die Ereignisse von gestern. Hatte Angelos nun Khaled geküsst? Hatte der ihn überrumpelt? Und was hieß „rechtzeitig abgebogen"? Wo hatte Khaled seine Hände? Allein die Vorstellung, der Prinz habe Angelos´ Körper abgetastet, sorgte bei Alex für Herzrasen.

Vertraue ihm. Er hat dich nie betrogen, versuchte er, sich zu beruhigen.

Auch Angelos war nicht so klar, wie er es angesichts der bevorstehenden Ereignisse hätte sein sollen. Er fuhr wie ferngesteuert Richtung Ano Mera, mit dem Beutel voller Diamanten auf dem Beifahrersitz.

Als er gerade in die erste enge Kurve einbog, brummte das Handy. Angelos fluchte.

Er hörte nur einen Satz.

„Wirf die Diamanten aus dem rechten Fenster. Jetzt!" Klack.

Angelos folgte der Anweisung. Zu sehen war niemand, aber hinter der Steinbrüstung ging es steil bergab. Wahrscheinlich warteten sie unten am Grund und wollten dann Richtung Ftelia flüchten.

Sollen sie ruhig, dachte Angelos. Die Diamanten kann der Emir verschmerzen. Am wichtigsten aber war Angelos, dass ausnahmslos ALLE sich von seiner Insel verpissen.

Aber will ich auch, dass der Kronprinz geht? Angelos steckte mitten in einer Übergabe, dennoch ging ihm der Abend vorher noch durch den Kopf.

Es wurmte ihn, dass Alex fragen wollte, ob mehr passiert sei. Andererseits steht es auch Alex zu, verwirrt zu sein. Mir geht es ja nicht anders, dachte Angelos.

Er parkte den Wagen am Ortsrand von Ano Mera und wartete. Hinter vorgehaltener Hand sprach er ins Mikro.

„Alex? Wo bist du?"

„Ich habe zur besseren Tarnung vor der ‚Veneti-Bäckerei' angehalten. Irgendein Arschloch parkt in zweiter Reihe und ich komme nicht raus!"

Angelos hätte lachen können. Soviel zu Plänen.

„Keine Panik, arkoudaki! Nimm irgendein ein anderes Auto. Zeig einfach deine Glock. Dann steigt schon einer aus!"

„Witzbold!"

Wieder brummte das Handy. Das ging aber schnell, dachte Angelos.

„Links abbiegen, dann gerade aus, vor ‚Myconian Brothers' warten." Ende.

Angelos fuhr die 500 Meter und hielt vor der Pension an. Ins Mikro sagte er nur ein Wort:

„Myconian Brothers!"

„Verstanden. Sei vorsichtig. Ich brauche noch eine Minute", antwortete Alex.

Wieder brummte das Handy.

„Steig aus, Gehe um die Pension herum, dann geradeaus. Links das Haus mit dem großen Bougainvillea-Busch!"

Angelos stieg aus dem Wagen und lief um die Pension herum.

Das Haus lag verlassen da.

Er ging auf die Türe zu, öffnete sie und rief.

„Hallo?"

Keine Antwort. Angelos ging hinein. Kein Mensch da. Nächstes Zimmer. Nichts. Nächs ...

Angelos erstarrte.

Am Boden lag Safiye. In einer riesigen Blutlache. Kopfschuss.

Dann traf Angelos ein Schlag auf den Hinterkopf.

49

Als Angelos erwachte, dröhnte sein Kopf. Teile des Gesichtsfeldes fehlten. Punkt 1: Ich liege am Boden.

Punkt 2: Ich bin gefesselt.

Punkt 3: Safiye liegt in einer Blutlache neben mir.

Instinktiv versuchte Angelos, an den Kabelbindern zu zerren.

„Geben Sie sich keine Mühe, Nikakis!"

Angelos sah zunächst nur die Beine. Aber die Stimme kannte er. Es war Wolfe.

„Binden Sie mich los", schrie Angelos.

„Das könnte Ihnen so passen. Nein. Sie bleiben schön liegen, bis die Emiratis eintreffen. Dann werden Ihre Probleme erst anfangen. Die Prinzessin wurde von Ihnen getötet und Ihre Waffe liegt neben der Leiche. Die Sache ist ziemlich klar, oder?", sagte Wolfe.

„Man soll nie Fremde ins Haus lassen. Sie könnten zufällig eine Waffe finden und mitnehmen!" Wolfe lachte.

„Wer zum Teufel sind Sie in Wirklichkeit?", fragte Angelos, noch immer benommen von dem Schlag.

„Mein Name ist in Wahrheit Clarke. Aber ich arbeite wirklich für das FBI. Allerdings habe ich sozusagen noch einen Co-Arbeitgeber! Oder besser: zwei."

„Warum? Warum haben Sie das Mädchen umgebracht? Sie wollten mit der Entführung den Emir dazu bringen, die Gasfelder aufzugeben. Das haben Sie doch erreicht. Oder besser AEXCOM, oder?"

„Ziemlich nah dran. Man war in Houston nicht begeistert über Ihre Showeinlage. Dann überlegten wir, wie man gleichzeitig Schardscha aus dem Feld schlagen und Ihnen das Genick brechen könnte."

„Warum sollte ich die Prinzessin töten?", fragte Angelos.

„Wegen der Diamanten. Kleiner Polizist und die Versuchung!"

„Das ist absolut lächerlich. Niemand wird Ihnen glauben!"

„Wirklich? Und überhaupt: es spielt keine Rolle!" Da begriff Angelos, dass sein Überleben nicht vorgesehen war.

Alex, du solltest bald kommen.

Dann verstand Angelos.

„AEXCOM hätte es gereicht, wenn der Emir seinen Verzicht erklärt hätte. Dann war die Freilassung vorgesehen. Aber Sie arbeiten für eine dritte Partei!"

Wolfe, oder besser Clarke, lachte.

„Na endlich. Ja, was ist die Folge von alldem hier? Die Welt wird in einer Stunde von dem Mord an die Prinzessin erfahren – und dass AEXCOM der Auftraggeber war. Es wird erneut die Hölle losbrechen und der Emir wird auf Rache sinnen. Beide sind raus aus dem Spiel. Und der Meistbietende hat gewonnen!"

„Ich vermute mal: Moskau. Und deswegen kam alles an die Öffentlichkeit. Erst ‚kaloqueen' und dann die Info über den Austausch. Waren alles Sie", sagte Angelos müde.

„Sie hatten nie vor, die Prinzessin am Leben zu lassen, Sie Schwein!"

„Nein. Im Plan stand ihr Tod bereits fest. Nur damit war zu erreichen, beide aus dem Spiel zu nehmen, Houston und Schardscha. Ah, da kommen die Herren ja!"

Die zwei Emiratis stürmten in den Raum und sahen entsetzt auf die Leiche.

„Er hat sie ermordet, ich war dabei", sagte Wolfe/Clarke.

Sofort begannen die zwei auf Angelos einzutreten. In den Magen, gegen den Kopf.

Sie hätten ihn zweifellos getötet, wenn nicht in diesem Moment Alex vorgefahren wäre. Er sah Angelos am Boden, zog seine Pistole und schoss von der Haustüre auf den jungen Emirati. Alex traf. Der Mann knallte, in der Schulter getroffen, gegen die Wand. Doch bevor Alex ein zweites Mal schießen konnte, hörte er eine Stimme.

„Waffe auf den Boden, Alex. Und langsam in Richtung Zimmer schieben. Ich ziele auf den Kopf deines Mannes!"

Wolfe, dachte Alex.

Ihm blieb nichts anderes übrig, er legte die Glock auf den Boden und stieß sie in Richtung Zimmer.

„Reinkommen!"

Alex stockte der Atem, als er den Raum betrat. Safiye tot am Boden. Und ein stöhnender Angelos, der sich vor Schmerzen krümmte. Alex wollte sich hinknien.

„In die Ecke, Alex. So ist's gut. Jetzt rufen wir den Kronprinzen an. Er wird begeistert sein, dass der Mörder gefasst ist!"

„Sie sind ein feiger Mörder. Ober haben Sie das Ihre Handlanger erledigen lassen?", fragte Alex.

„Auf meine Paschtunen ist Verlass. Und die sind schon längst weg!"

„Alex, sei bitte still", sagte Angelos unter Schmerzen.

Dann hörte Alex, wie Khaled vorfuhr und zum Haus rannte.

„Safiye!"

Als er das Zimmer betrat und seine Schwester tot am Boden liegen sah, schrie er wie ein verwundetes Tier und sackte auf die Knie.

Der unverletzte Emirati begann, auf den Kronprinzen einzureden und deutete mehrmals auf Angelos.

Zwar verstand Alex kein Wort, aber es war klar, dass er Angelos beschuldigte.

„Hoheit, ich war dabei", sagte Wolfe alias Clarke.

Khaled nickte.

Alex wusste nicht, wie er Khaled ansprechen sollte.

„Das ist doch ein Witz. Er hat alles getan, um die Prinzessin zu retten. Er kannte sie. Sie mochten sich. Warum sollte er das tun? Wo ist das Motiv?"

„Das Motiv befindet sich in dem Beutel", sagte Wolfe.

Vollkommen versteinert sagte Khaled:

„Bringt ihn zu meiner Villa!"

Der Emirati und Wolfe zogen Angelos hoch und schleppten ihm zum Wagen.

„Er ist Grieche. Sie haben kein Recht ...", schrie Alex, der aber nichts tun konnte. Wolfe hatte seine Pistole und hielt ihn in Schach.

Sie werden Angelos nicht am Leben lassen, dachte er und Alex wurde kalt.

Immerhin weiß ich, wohin es geht.

Nachdem der Wagen mit Angelos mit quietschenden Reifen davongefahren war, rannte auch Alex zum Auto.
Ich habe keine Waffe. Was soll ich tun?

50

Alex raste hinunter nach Kalafati. Als er vor den „Villas" hielt, sah er gerade noch, wie der Emirati und Wolfe Angelos zur Villa schleiften. Dort schmissen sie ihn zu Boden.
Der Kronprinz stand daneben, scheinbar unberührt.
„Bitte Hoheit. Hören Sie ihn doch wenigstens an!", flehte Alex.
Khaled blaffte den Emirati an und der gab ihm daraufhin seine Waffe.
Khaled richtete sie auf Angelos. Nein, ich werde nicht zuschauen, wie er stirbt. Alex klappte zusammen.
So konnte er nicht sehen, wie der Kronprinz erst dem Emirati und dann Wolfe/Clarke in den Kopf schoss.
Khaled beugte sich hinunter zu Angelos.
„Geht es dir gut?"
„Ging schon mal besser. Die Tritte waren wirklich übel. Aber danke, dass du mir geholfen hast!"
Khaled befreite Angelos von den Fesseln.

Als sie sich gegenüberstanden versuchte Khaled Angelos zu küssen, doch Angelos drehte sich leicht zur Seite.

„Es tut mir leid, dass ich deine Schwester nicht retten konnte. Sie war eine bemerkenswerte Frau", sagte Angelos niedergeschlagen.

„Allein schon deswegen, weil sie erkannte, dass du ein Haupttreffer wärst. Oder bist!"

Erst jetzt sah Angelos, dass Alex bewusstlos im Busch lag.

„ARKOUDAKI!"

„Wach auf, ich bin noch da", flüsterte Angelos Alex ins Ohr.

„Du liebst ihn sehr, oder?", fragte Khaled.

„Oh ja!"

„Aber du hältst dein Versprechen?", fragte Khaled.

Angelos zögerte.

„Ja. Auch wenn ich nicht verstehe, was es dir bringen soll. Aber: ja, ich halte immer meine Versprechen!"

Nun strahlten zwei. Khaled und Alex, der wieder zur Besinnung kam.

„Ich hatte solche Angst", sagte Alex leise.

„Ich auch", antwortete Angelos.

„Was machen wir mit den Leichen?", fragte Angelos.

„Ich lasse einen Hubschrauber kommen. Er steht bereit. Eigentlich, um Safiye nach Hause zu bringen, aber nun … Sie muss vor Sonnenuntergang beerdigt werden. Was hältst du davon, wenn die zwei Leichen in einer Turbulenz aus dem Hubschrauber fliegen?"

„Das ist eine hervorragende Idee", sagte Angelos.

„Gut. Dann sehen wir uns um 21 Uhr hier?", fragte Khaled.

Angelos nickte nur.

51

DU HAST WAS?", schrie Alex über den Strand. „Ich habe Khaled vor der Übergabe angerufen und ihm gesagt, dass ich Wolfe nicht traue. Er ist kurz nach dir los, um noch einmal nach Merchias zu fahren. Er wollte sehen, was sich dort tut. Zumindest könnte er so feststellen, wie viele Entführer es sind und mit welchem Auto sie fahren, meinte er. Er hat aber versprochen, nicht einzugreifen. Mir war es ganz recht, dass er mir nicht in die Quere kommen würde. Nur: laut dem Peilsender fuhr er gar nicht nach Merchias. Er blieb immer südlich des Staudammes. Also in der Nähe von Ano Mera. Aber als ich es auf dem Notebook sah, konnte ich nicht mehr reagieren, zwei Minuten später kam der Anruf mit der Anweisung, den Beutel aus dem Auto zu werfen. Und auf dich konnte ich nicht warten …"

„…, weil ich noch unterwegs war", ergänzte Alex.

„Ich habe Khaled gewarnt, dass ich nicht weiß, was man mit Safiye vorhat oder ob sie noch am

Leben ist. Er sagte, dass er mir vertraut und zur Not auch eingreifen wird. Allerdings hatte er eine Bedingung oder Bitte. Wenn er mit das Leben rettet – und nur dann - , äh,…"

„UND DU HAST JA GESAGT?"

„Herrgott, ich habe gehofft, dass ich mich irre und trotz Wolfe alles glattläuft. Dann hätte ich Khaled nicht gebraucht. Zweite Option warst du. Wenn du rechtzeitig gekommen wärst … aber dafür konntest du ja nichts. Es war nur die letzte, die dritte Option. Ich war ziemlich verzweifelt und hätte ihm alles versprochen"

Nach einer kurzen Pause sagte Angelos:

„Er hat mir das Leben gerettet. Du warst dabei. Wolfe hätte mich getötet. Ich hatte keine Waffe und war gefesselt."

„Nein, nein und nochmals nein", sagte Alex wütend.

„Wäre es weniger schlimm, wenn ich tot wäre?", fragte Angelos.

„Natürlich nicht. Aber es ist schäbig! Also von ihm!"

„Komm. Du hast aus Liebe einen Mord begangen. Ich liebe nur dich und daran ändert sich nichts. Er ist in mich verliebt und nicht umgekehrt!"

„Ich soll akzeptieren, dass du aus Ehrgefühl mit einem anderen Mann schläfst?"

„Ich habe es versprochen. Aber wichtiger ist: nur wegen ihm geht es mit uns beiden überhaupt weiter!"

Alex grummelte.

„Glaubst du danach liebt er dich weniger?"

„Nein, aber das interessiert mich dann nicht.
Sex ohne Liebe ist nichts für mich. Es wird nicht das
sein, was er sich erwartet!"
„Du unterschätzt deine Fähigkeiten", sagte Alex.
Leise.
Angelos lachte.
„Bestimmte Sachen mache ich nur mit dir!"
Und nach kurzer Pause fügte er hinzu:
„Glaubst du, er ließe uns sonst in Ruhe?"
„Er wird hinterher noch verliebter sein",
entgegnete Alex.
„Aber nicht, wenn ich ihm wehtue oder mich
dumm anstelle!"

52

Ich liebe dich, Angelos!", sagte Khalid.
„Ich weiß. Das macht es mir nicht gerade
einfach!"
„Nun sag nicht, es habe dir keinen Spaß
gemacht. Das wäre gelogen!"
Ja. Das wäre es. Du siehst verflucht gut aus. Du
hast Ausstrahlung. Tja und dann bist du auch
noch Prinz!
Tolle Kombination, dachte Angelos.
„Aber es ändert nichts. Ich könnte mich in dich
verlieben, ja. Wie sollte es denn funktionieren?

Man würde uns jagen, und zwar im wahrsten Sinne. Außerdem bin ich ein einfacher Polizist auf einer kleinen Insel!"

„Na, so groß wie Schardscha", sagte Khalid lächelnd.

„Und dann vergisst du eines: ich liebe Alex und ich werde ihn nie verlassen!"

„Das bestärkt mich eher noch. Ich werde nichts tun, dich nicht behelligen. Aber ich werde das tun, was du mir geraten hast: warten. Auch wenn es lange dauert. Und in dem Moment werde ich zur Stelle sein und dich noch einmal fragen!"

„Selbst, wenn Alex und ich einmal getrennte Wege gehen sollten: das kann zehn Jahre dauern. Bis dahin hast du Dutzende andere Männer getroffen und mich vergessen."

„Schau mich an, Angelos. Schau mir in die Augen. Was siehst du?"

„Etwas, was mir Angst macht", antwortete Angelos.

„Ist es dein Hirn, das sagt, du sollst bei Alex bleiben oder dein Herz? Man darf Dankbarkeit nicht mit Liebe verwechseln. Er hat dir sehr geholfen, aber dafür bekam er auch etwas!"

„Den schönsten Bürgermeister Griechenlands!" Angelos musste lachen.

„Entschuldige, das war für Insider", schob er nach.

„Du bist selbstbewusst, das gefällt mir!"

„Ich bin nicht so, wie du denkst. Ich habe schlaflose Nächte, in denen ich schreie. Da ist nichts zu sehen vom selbstbewussten Angelos!"

„Warum? Ein Trauma?", hakte Khaled nach.

Angelos zögerte. Aber Khaled strahlte soviel Vertrauen und ehrliches Interesse aus.

„Ich wurde mit 25 von drei Männern verge-waltigt!"

Khaled schaute entgeistert.

„Oh Gott. Und ich zwinge dich quasi zum Sex. Es … es tut mir leid."

Nach einer Pause sagte er:

„Safiye hat den Abend mit euch als schönsten Tag ihres Lebens bezeichnet. Und für mich war diese Nacht die schönste meines Lebens!"

Ja, dachte Angelos, es war etwas Besonderes. Du hast mich regelrecht verschlungen. Und in deinen Augen kann man eines lesen: Liebe. Und Hingabe. Und am Allerschlimmsten: Hoffnung.

„Khaled, ich muss nach Hause!"

„Hat dich die Nacht nichts ins Grübeln gebracht?"

„Doch, schon der Kuss vor drei Tagen hat mich kalt erwischt. Aber ich könnte es Alex nie antun. Er würde zerbrechen. Das weiß ich!"

„Wie ich schon sagte, Dankbarkeit ist zu wenig!"

Ist es wirklich nur Dankbarkeit?

„Bitte bleib noch eine halbe Stunde. Du würdest mich sehr glücklich machen", sagte Khaled leise.

Und Angelos blieb noch länger.

Als er müde wurde, raffte er sich auf.

Ich muss nach Hause.

Dann sah er, dass er eine SMS bekommen hatte. Vor einer Stunde. Alex.

„Wo bleibst du? Bitte verlass mich nicht. ILD."

„Oh Scheiße", sagte Angelos, sprang aus dem Bett und zog sich hastig die Hose an.

„Was ist?", fragte Khaled.

Angelos sagte nur: „Alex".

Draußen tippte er in sein Handy die Antwort.

„Bin gleich da. Beruhige dich. Ich werde dich NIE verlassen. Dein Emir."

Während der Fahrt schossen ihm tausend Gedanken durch den Kopf.

Alex hatte es eingesehen. Und zugestimmt.

Khaled hatte nicht nur Angelos Leben gerettet, sondern auch Alex´. Und es wäre nur Sex.

Ich hätte nach dem ersten Mal gehen sollen, dachte Angelos. Bin ich nur aus Dankbarkeit bei Alex? Und: bin ich in Khaled verliebt? Ich weiß es nicht. Aber es stimmt: ich würde Alex nicht verlassen.

Als er nach einer endlos langen Fahrt in Ornos ankam, rannte er ins Haus. Die Küche sah aus wie ein Schlachtfeld. Zwei Notebooks und die Espressomaschine lagen zerstört auf dem Boden.

Angelos rannte die Treppe hoch und stürmte ins Schlafzimmer.

„ALEX!"

Doch der antwortete nicht.

Schläft er oder …?

Dann sah er die Ampulle. Insulin.

Klar. Als Kommissar weiß man, wie man sich umbringt. Schmerzlos.

Angelos hätte schreien können. Er konnte nicht.

Puls tasten. Anrufen. Los. Aber er war wie gelähmt. Mach endlich.

Er fühlte noch schwachen Puls. Dann griff er zum Handy. Los. Geh ran!

„Andre? Bitte komm sofort. Alex hat sich Insulin gespritzt!"

Nur zwei Minuten später fuhr André mit quietschenden Reifen vor. Als er Alex daliegen sah, sagte er zu Angelos. „Du dummes, blödes Arschloch. Mir wäre es lieber, du würdest dort liegen! Und zwar tot!"

Der Neue erscheint
am
17. Oktober

Trauma

Paul Katsitis – Der Putsch

1967 putscht in Griechenland das Militär. Hellas und auch Mykonos ächzen unter der Diktatur. 52 Jahre später gibt es wieder einen Regierungswechsel in Athen. Doch die Ereignisse von damals werfen ihre späten Schatten. Ein Flugzeugabsturz und Kommissar Angelos Nikakis sorgen dafür, dass es zu einem politischen Erdbeben kommt.

Paul Katsitis – Glut

Der Alptraum aller Chora-Bewohner wird wahr. Ein Großbrand wütet in den engen Gassen der Stadt. Eine knifflige Aufgabe nicht nur für die Feuerwehr, sondern auch für Kommissar und Bürgermeister Angelos Nikakis. Denn in einem Haus findet man eine Leiche. Ein Brandopfer, denken viele. Doch sie wurde erschossen. Drei weitere Morde und der Wiederaufbau lassen Angelos kaum Zeit Luft zu holen.

Paul Katsitis - Abseits

Im Stadion von Mykonos wird die Leiche eines Mannes gefunden. Da der Mann Fan von Olympiakos Piräus war, geraten alle Anhänger des Konkurrenzvereins Panathinaikos Athen in Verdacht. Die Indizien lassen zunächst keine andere These zu und der Hass zwischen beiden Lagern ist tatsächlich so groß, dass auch ein Mord im Bereich des Möglichen liegt.
Doch als Kommissar Angelos Nikakis in die Welt der Spielerscouts eintaucht, stellt er fest, dass es um ganz andere Dinge ging: um Menschenhandel, Pädophilie und natürlich eine Menge Geld!

Paul Katsitis – Die Maske

ohne Vorwarnung in den Rücken geschc
steht er bald unter Anklage.
Im Schatten des Prozesses gelingt es eine neuen, besonders brutalen Drogenhändl genannt „Máská", sein Netzwerk auszubauen. Und er zögert auch nicht, als sich ihm die Gelegenheit bietet, Kommissar a.D. Angelos Nikakis aus dem Weg zu räumen.

Paul Katsitis – Die Bestie von Mykonos

Zwei Kriminalbeamte, Alexandros und Angelos, quittieren den Dienst und eröffnen gemeinsam auf Mykonos eine Bar. Nebenher betreiben sie eine kleine Privat-Detektei. Da die Polizei chronisch unterbesetzt ist, werden Alex und Angelos – wegen ihrer Erfahrung - regelmäßig hinzugezogen.
Mykonos ist in Aufruhr. Offensichtlich foltert, vergewaltigt und tötet ein Mann junge Touristen. Um ihn zu stellen, bleibt nichts anderes übrig, als dass Angelos den Lockvogel spielt – mit furchtbaren Konsequenzen ...

Paul Katsitis – Rache

Im Kloster Ano Mera auf Mykonos wird ein Priester tot aufgefunden, dessen Leiche übel zugerichtet ist. Es sieht nach einem Rachemord aus – doch wofür?

Paul Katsitis - Hass

Es ist ein besonderer Fall für die beiden Ermittler Alex und Angelos Nikakis. Die Leiche eines jungen Mannes wird in den Dünen gefunden. Am und im Körper des Toten findet sich die DNA von Angelos.

Er wird verhaftet. Zuerst geschockt von der Möglichkeit, dass Angelos Es ist ein besonderer Fall für die beiden ihn betrogen hat, beschließt Alex, den Beweisen nicht zu glauben.
Und hat Recht. Hinter allem steht nur eines:

Paul Katsitis – Inzest

Ein Bräutigam, der sich am Tag der Hochzeit vom Balkon stürzt und eine Mädchenleiche in einer Wagenpresse. Zwei Fälle für die beiden Ex-Kommissare Alex und Angelos Nikakis Zwei Fälle, die sich nach und nach aufeinander zu bewegen.

Paul Katsitis – Der-Drei-Sterne-Mord

Im besten Restaurant der Insel wird der Chefkoch, ehemals Leibkoch Gaddafis, mit durchschnittener Kehle aufgefunden. Ein schwieriger Fall für Alex und Angelos, zumal die eigene Familie mit beteiligt ist. Der Fall erfährt eine erstaunliche Wendung, als die beiden Ermittler erfahren, dass der britische Außenminister Mykonos besucht – auf dem Landsitz des griechischen Premierministers.

Paul Katsitis - Tattoo

Zwei Highlights stehen auf dem Programm des Wochenendes: ein hochdotiertes Beachvolleyball-Turnier und die Eröffnung der ersten Spielbank auf der Insel.
Nicht ins „Event-Wochenende" passen zwei Tote: ein 19-jähriger Junge und einer der Beachvolleyballspieler. An dessen „natürlichem Tod" haben die Ermittler Alex und Angelos so ihre Zweifel.

Paul Katsitis – Skalpell

Am Strand von Ornos wird eine Frauenleiche gefunden. Es ist die Tochter des Bürgermeisters. Der Leiche fehlen Nieren und Leber.
Doch es geht bei der Mordserie nicht nur um Organe, wie die beiden Ermittler Alexandros und Angelos Nikakis bald feststellen. Es existiert ein komplexes Netzwerk, das verschiedene kriminelle Felder abdeckt, und so mancher Inselbewohner ist darin verstrickt.

MYKONOS LOVE STORY
Von Michael Markaris

Auf der Suche nach weiterer Gay Literatur?

„Die Mykonos Love Story 1-11" von Michael Markaris.
Kommissar Pandis hat mit 53 sein Coming-Out und verliebt sich in den 29-jährigen Angelos

Bisher erschienen:
Mykonos Love Story 1
Mykonos Love Story 2 – Das goldene Ei
Mykonos Love Story 3 – Morgenröte über Mykonos
Mykonos Love Story 4 - Mykonos Speed
Mykonos Love Story 5 – Rape-Vergewaltigung
Mykonos Love Story 6 – Der rosa Leopard
Mykonos Love Story 7 – Rückkehr der Leoparden
Mykonos Love Story 8 – Crash!
Mykonos Love Story 9 – Der tote Pelikan
Mykonos Love Story 10 – Photia-Feuer
Mykonos Love Story 11 – Der tote Archäologe

Hinweise

OPKE ist die Spezialeinheit der griechischen Polizei. In Griechenland unterstehen Polizei und Geheimdienst dem Militär.

EYP ist der griechische Geheimdienst.